Charles Bukowski

Maro Verlag

Diese Stories sind eine Auswahl aus Bukowskis ERECTIONS, EJACULATIONS, EXHIBITIONS, AND GENERAL TALES OF ORDINARY MADNESS (City Lights Books, San Francisco 1972). Sie erschienen Ende der sechziger Jahre zuerst in amerikanischen Untergrundzeitungen *(Open City, Nola Express, Berkeley Barb)*, in Sexmagazinen *(Knight, Adam, Pix)* und in der New Yorker Literaturzeitschrift *Evergreen Review*.

Herausgegeben und aus dem Amerikanischen übersetzt
von Carl Weissner.
Ausstattung und Design: Walter Hartmann.

Erstausgabe / First Printing April 1976

Satz: Wenzel/Witten
Druck: Blasaditsch GmbH / Augsburg

ISBN 3 87512 031 0

INHALT

Ich erschoß einen Mann in Reno . . .

und andere unvorsichtige Angaben zur Person

Bukowski heulte, als Judy Garland in der New York Philharmonic Hall sang; Bukowski heulte, als Shirley Temple "I Got Animal Crackers in my Soup" sang; Bukowski heulte in billigen Kaschemmen; Bukowski läuft in unmöglichen Klamotten rum, Bukowski kann sich nicht richtig unterhalten, Bukowski hat Schiß vor den Weibern, Bukowski hat einen schwachen Magen, Bukowski ist voller Ängste und hat einen Haß auf Wörterbücher, Nonnen, Pennies, Busse, Kirchen, Parkbänke, Spinnen, Fliegen, Flöhe und Freaks; Bukowski war nicht im Krieg. Bukowski ist alt, Bukowski hat seit 45 Jahren keinen mehr hochgekriegt; wenn Bukowski ein Affe wäre, würde ihn seine Affenhorde davonjagen . . .

Bukowski, der große Schriftsteller; Bukowski, der sich einen abwichst: ein Standbild im Kreml; Bukowski und Castro: ein Standbild im sonnigen Havana, mit Vogelscheiße verkleistert – Bukowski und Castro rasen auf einem Tandem-Rennrad dem Sieg entgegen (Bukowski auf dem hinteren

Sitz); Bukowski der Tigerbändiger, der eine scharfe 19-jährige Blondine auspeitscht, eine scharfe Blondine mit Oberweite 95, eine scharfe Blondine, die Rimbaud liest; Bukowski, eingekeilt zwischen den Wänden der Welt, von allen guten Geistern verlassen; Bukowski, der Judy Garland die Stange hielt, als es für alle schon zu spät war.

Bukowski hielt Mickey Mouse für einen Nazi; Bukowski benahm sich wie ein Arschloch in Barney's Beanery; Bukowski benahm sich wie ein Arschloch in Shelly's Manne-Hole; Bukowski ist neidisch auf Ginsberg; Bukowski ist neidisch auf den 69er Cadillac; Bukowski versteht nichts von Rimbaud; Bukowski wischt sich den Arsch mit hartem braunem Klopapier ab; Bukowski wird in 5 Jahren tot sein; Bukowski hat seit 1963 kein brauchbares Gedicht mehr geschrieben; Bukowski heulte, als Judy Garland . . . einen Mann in Reno erschoß.

Geburt, Leben und Tod einer Untergrundzeitung

Zu Anfang gabs im Haus von Joe Hyans eine ganze Reihe von Meetings, da erschien ich gewöhnlich in betrunkenem Zustand, deshalb kriegte ich von der Gründung der Untergrundzeitung *Open Pussy* nicht viel mit; erst später ließ ich mir erzählen, was sich alles abgespielt hatte. Oder vielmehr, was ich angestellt hatte.

Hyans: „Du hast gesagt, du würdest die ganze Bude ausräumen, angefangen mit dem Typ im Rollstuhl. Der fing dann an zu heulen, und die anderen gingen nacheinander weg. Einem hast du ne Flasche übern Schädel gehauen."

Cherry (Hyans' Frau): „Du hast dich geweigert, wegzugehn; du hast ne ganze Flasche Whisky ausgetrunken, und ständig hast du mir gesagt, du würdest mich im Stehen ficken, mit dem Rücken gegen die Bücherwand."

„Hab ichs denn getan? "

„Nee."

„Ah, dann eben nächstes Mal."

Hyans: „Hör mal, Bukowski, wir versuchen hier ein bißchen Organisation reinzubringen, und du kommst ständig an und machst Scherereien. Du bist der schlimmste Säufer, der mir je begegnet ist!"

„OK, ich steig aus. Scheiß drauf. Wer interessiert sich schon für Zeitungen?"

„Nee, wir möchten, daß du ne Kolumne schreibst. Wir meinen, daß du der beste Schriftsteller in Los Angeles bist."

Ich nahm meinen Drink in die Hand und holte damit aus. „Das ist eine gottverdammte Beleidigung! Ich bin hier nicht hergekommen, um mich beleidigen zu lassen!"

„OK, vielleicht bist du der beste Schriftsteller in Kalifornien."

„Ich sags ja! Du beleidigst mich schon wieder!"

„Also jedenfalls, wir wollen von dir ne Kolumne."

„Ich bin Dichter."

„Was ist denn der Unterschied zwischen Gedichten und Prosa?"

„Ein Gedicht sagt zuviel, in zu kurzer Zeit; Prosa sagt zu wenig und dauert zu lange."

„Wir wollen eine Kolumne für *Open Pussy.*"

„Gieß mir 'n Drink ein und wir sind im Geschäft."

Hyans goß ein. Ich war im Geschäft. Ich kippte den Drink und ging rüber zu meinem Hinterhof im Slum und überlegte mir, was für einen Fehler ich machte. Ich war beinahe fünfzig Jahre alt, und hier ließ ich mich nun mit diesen langhaarigen bärtigen Kids ein. Oh Gott, *groovy,* Daddy, oh *groovy!* Krieg is Scheiße. Krieg ist die Hölle. Fick lieber, statt zu kämpfen. Das wußte ich alles schon seit fünfzig Jahren. Das war nicht mehr so aufregend für mich. Oh, und nicht zu vergessen: das Pot. Der Stoff im Versteck. *Groove,* baby!

Ich fand eine Flasche in meiner Bude, trank sie aus, vier Dosen Bier hinterher, und schrieb die erste Kolumne. Sie handelte von einer drei Zentner schweren Nutte, die ich mal in Philadelphia gefickt hatte. Es war eine gute Kolumne. Ich korrigierte die Tippfehler, wichste mir einen runter und ging schlafen . . .

Es begann im Erdgeschoß eines zweistöckigen Hauses, das Hyans gemietet hatte. Es gab ein paar halbgare Freiwillige und das Ding war neu und alle außer mir waren freudig erregt. Ich versuchte, die Mädchen zu einer Nummer zu animieren, aber sie sahen alle gleich aus, und sie benahmen sich auch alle gleich – sie waren alle neunzehn, so ein dreckiges Blond, kleiner Arsch, wenig Busen, benommen vor Eifer, und irgendwie von sich eingenommen, ohne recht zu wissen warum. Wenn ich sie mit meinen betrunkenen Pfoten anlangte, wurden sie immer ziemlich kühl. Ziemlich.

„Schau her, Opa, das einzige was wir dich hier schwenken sehen wollen is ne Fahne von Nordvietnam!"

„Ah, deine Muschi is wahrscheinlich eh verstunken!"

„Oh, was bist du für ein alter Schmutzfink! Also wirklich . . . sowas von ekelhaft!"

Und dann stelzten sie davon und wackelten mit diesen saftigen kleinen Arschbäckchen vor mir herum, aber in der Hand hatten sie nicht meinen prächtigen prupurroten Schwengel sondern irgendeinen oberschülerhaften Artikel über die Bullen, die am Sunset Strip die Kids filzten und ihnen ihre „Baby Ruth" Schokoladenhäppchen wegnahmen. Da war ich nun, der größte lebende Dichter seit Auden, und konnte nichtmal einen Hund in den Arsch pimpern . . .

Die Zeitung wurde zu groß. Oder Cherry wurde es zuviel, daß ich dauernd betrunken auf der Couch herumlümmelte und ihrer fünfjährigen Tochter lüsterne Blicke zuwarf. Richtig schlimm wurde es, als die Tochter anfing, bei mir auf dem Schoß zu sitzen. Sie rutschte hin und her und sah mich an und sagte: „Ich mag dich, Bukowski. Erzähl mir was. Komm, ich hol dir noch 'n Bier, Bukowski."

„Beeil' dich, Sweetie!"

Cherry: „Hör mal, Bukowski, du alter Lustmolch . . ."

„Cherry, Kinder mögen mich einfach. Ich kann nichts dafür."

Das kleine Mädchen, Zaza, kam mit dem Bier angerannt und kletterte mir wieder auf den Schoß. Ich machte die Dose auf.

„Ich mag dich, Bukowski, erzähl mir ne Geschichte."

„OK, honey. Also, es war einmal ein alter Mann und ein allerliebstes kleines Mädchen, die hatten sich beide im Wald verirrt . . ."

Cherry: „Na hör mal, du alter Lustmolch . . ."

„Na, na, Chery. Ich glaub fast, du hast ne schmutzige Fantasie!"

Cherry rannte die Treppe rauf, auf der Suche nach Joe, der sich zu einem Schiß zurückgezogen hatte.

"Joe, Joe, wir müssen mit dieser Zeitung einfach hier raus! Das ist mein Ernst!"

Sie fanden ein leerstehendes Gebäude vorne an der Straße, zwei Stockwerke, und eines Nachts hatte ich in der einen Hand eine Flasche Portwein und mit der anderen hielt ich die Taschenlampe für Joe, der den Verteilerkasten an der Seite des Hauses aufbrach und die Drähte umklemmte, damit er sich gebührenfreie Nebenanschlüsse legen konnte.

Etwa um diese Zeit wurde Joe von der einzigen anderen Untergrundzeitung in Los Angeles beschuldigt, eine Kopie ihrer Adressenliste gestohlen zu haben. Aber ich wußte natürlich, daß Joe ein Mensch mit Moral und Skrupeln und Idealen war – deshalb hatte er auch seinen Job bei der großen Tageszeitung gekündigt. Deshalb hatte er auch aufgehört, für diese Untergrundzeitung zu arbeiten. Joe war so ne Art Jesus. Klar.

„Halt die Lampe ruhig", sagte er . . .

Am Morgen klingelte bei mir zuhause das Telefon. Es war mein Freund Mongo, der Gigant des Ewigen High.

„Hank?"
„Yeh?"
„Cherry war letzte Nacht hier."
„Yeh?"
„Sie hatte so ne Adressenliste bei sich. War sehr nervös. Wollte, daß ich das Ding verstecke. Sagte, Jensen sei hinter ihr her. Ich habs im Keller versteckt, unter nem Stapel Tuschezeichnungen, die Jimmy the Dwarf kurz vor seinem Tod gemalt hat."
„Hast du sie gepimpert?"
„Wozu? Ist doch nur Haut und Knochen. An diesen Rippen würd' ich mich beim Ficken blutig stoßen."
„Du hast Jimmy the Dwarf gepimpert, und der hat nur 83 Pfund gewogen . . ."
„Der hatte aber *soul.*"
„Yeh?"
„Yeh."
Ich legte auf.

Die nächsten vier oder fünf Ausgaben von *Open Pussy* hatten Schlagzeilen wie: „WIR LIEBEN DIE L.A. FREE PRESS", „OH, WIR LIEBEN DIE L.A. FREE PRESS", „LIEBE, LIEBE, ALLES LIEBE DER L.A. FREE PRESS."
Dazu hatten sie allen Grund. Sie hatten denen ihre Adressenliste.
Eines Abends gingen Jensen und Joe zusammen essen. Joe sagte mir hinterher, es sei jetzt alles „in Ordnung". Ich weiß nicht, wer wen aufs Kreuz gelegt hat, oder was sich unterm Tisch abgespielt hat. War mir auch egal.
Und bald stellte sich heraus, daß ich außer den Langhaarigen und den Bärtigen noch andere Leser hatte . . .
Das neue Federal Building in Los Angeles ragt gläsern und wahnwitzig modern in den Himmel mit seinen endlosen Reihen von Kafkazimmern, jedes mit seiner eigenen persönlichen

Form von Schleimscheißerei; eins sagt sich ans andere, und alles aalt sich in Wärme und tapsigem Tran wie der Wurm im Apfel. Ich berappte meine 45 Cents Parkgebühr für ne halbe Stunde, bzw. man verabreichte mir ein Ticket für diesen Betrag, und ich ging rein ins Federal Building. Unten drin hatte es Wandgemälde wie sie Diego Rivera gemacht hätte, wenn man ihm neun Zehntel seiner Sensibilität herausoperiert hätte – Amerikanische Matrosen und Indianer lächelten um die Wette und versuchten nobel dreinzuschauen in billigem Gelb und fauliger grüner Kotze und verpißtem Blau.

Ich hatte von der Personalabteilung eine Vorladung bekommen. Ich wußte, daß es nicht um eine Beförderung ging. Man nahm den Schrieb entgegen und ließ mich eine dreiviertel Stunde lang auf der harten Bank sitzen, damit ich die richtige Einstellung finde. Das gehörte zur altbewährten Du-hast-Scheiße-in-den-Eingeweiden-und-wir-nicht Routine. Glücklicherweise hatte ich damit schon meine Erfahrungen gemacht, ich erkannte die warzigen Zeichen der Zeit und fand die richtige Einstellung von selber: ich malte mir aus, wie jedes Girl, das vorbeiging, wohl im Bett sein würde, die Beine in der Luft, oder wenn sie's mit dem Mund machte. Bald hatte ich etwas Riesiges zwischen meinen Beinen – naja, riesig für meine Verhältnisse – und war gezwungen, auf den Fußboden zu starren.

Schließlich wurde ich reingerufen von einer sehr schwarzen und wohltuend geschmeidigen und gut angezogenen Negerin, die ziemliche Klasse hatte und sogar einen Hauch von Soul, und ihr Lächeln verriet, daß sie wußte, man würde mir einen reinwürgen, es lag aber auch so ne Andeutung darin, daß sie nicht abgeneigt wäre, mich mal ein bißchen an ihr Loch ranzulassen. Das änderte zwar nichts an der Situation, aber es half.

Und ich ging rein.

„Nehmen Sie Platz."

Mann hinterm Schreibtisch. Die alte Scheißtour. Ich setzte mich.

„Mr. Bukowski? "

„Yeh."

Er nannte mir seinen Namen. Interessierte mich nicht.

Er lehnte sich zurück in seinem Drehstuhl und starrte mich an.

Ich war sicher, er hatte einen erwartet, der jünger und besser aussah als ich, eher flamboyant, intelligenter oder hinterhältiger dreinschauend . . . ich aber war bloß alt, müde, uninteressiert, verkatert. Er war ein bißchen grau und vornehm, wenn ihr die Art von vornehm kennt, die ich meine. Hat niemals Rüben aus der Erde gerupft zusammen mit einer Horde Mexikaner, hat keine fünfzehn oder zwanzig Mal in der Ausnüchterungszelle gesteckt; oder Zitronen gepflückt um 6 Uhr früh, ohne ein Hemd an, weil man wußte, daß die Temperatur um die Mittagszeit 35 Grad erreichte. Nur die Armen kannten den Sinn des Lebens, die Reichen und Abgesicherten mußten raten.

Merkwürdig: da mußte ich an die Chinesen denken. Rußland war schlapp geworden; es konnte sein, daß nur die Chinesen wußten, wo es lang ging; sie wühlten sich von unten hoch, hatten die weiche Scheiße satt. Aber naja, ich hatte mit Politik nichts im Sinn, das war auch nur so ein Schwindel: am Ende würgte die Geschichte uns allen einen rein. Ich war schon vor der Zeit erledigt – gebraten, gefickt und eingemacht, nichts mehr übrig.

„Mr. Bukowski."

„Yeh? "

„Nun, äh . . . wir haben da einen Informanten . . ."

„Yeh. Nur zu."

„. . . der uns mitteilt, daß Sie mit der Mutter Ihres Kindes nicht verheiratet sind."

Ich malte mir aus, wie er einen Weihnachtsbaum schmückte,

mit einem Drink in der Hand.

„Das stimmt. Ich bin nicht verheirat mit der Mutter meines Kindes, Alter 4 Jahre."

„Zahlen Sie Alimente? "

„Ja."

„Wieviel? "

„Das werd ich Ihnen nicht sagen."

Er lehnte sich wieder zurück. „Sie müssen verstehen, daß wir, die wir im Dienste der Regierung stehen, einen gewissen Standard aufrechterhalten müssen."

Da ich mir keinerlei Schuld bewußt war, gab ich darauf keine Antwort.

Ich wartete.

Oh, wo seid ihr nur, Jungs? Kafka, wo bist du? Lorca, abgeknallt auf dem dreckigen Feldweg, wo bist du? Hemingway, als du behauptet hast, die CIA sei hinter dir her, hat dirs keiner geglaubt außer mir . . .

Dann drehte er sich zur Seite, der alte vornehme gut ausgeruhte nicht-rübenrupfende Graue, griff in einen kleinen gutpolierten Aktenschrank und zog sechs oder sieben Exemplare von *Open Pussy* heraus.

Er warf sie auf seinen Schreibtisch wie stinkende vergrätzte und geschändete Scheißhaufen. Er tippte sie an mit seinen Fingern, die nie Zitronen gepflückt hatten.

„Wir sehen uns veranlaßt, davon auszugehen, daß SIE der Autor dieser Kolumnen sind – *Notes of a Dirty Old Man.*"

„Yeh."

„Was haben Sie zu diesen Kolumnen zu sagen? "

„Nichts."

„Nennen Sie das etwa *Literatur?* "

„Man tut was man kann."

„Well, ich habe für zwei Söhne aufzukommen, die gegenwärtig an den besten Colleges Zeitungswissenschaft studieren, und ich HOFFE . . ."

Er patschte auf die Blätter, die stinkenden Scheißblätter, mit seiner beringten Hand, die noch nie eine Fabrik oder ein Zuchthaus von innen gesehen hatte, und sagte:

„Ich hoffe, daß meine Söhne später einmal nicht solches Zeug schreiben wie SIE!"

„Das werden sie nicht", versprach ich ihm.

„Mr. Bukowski, ich glaube, das Gespräch ist beendet."

„Yeah", sagte ich. Ich steckte mir eine Zigarre an, stand auf, kratzte meinen Bierbauch und ging raus.

Die zweite Vorladung kam früher als ich erwartet hatte. Ich war voll beschäftigt – natürlich – mit einer meiner wichtigen niederen Tätigkeiten, als plötzlich der Deckenlautsprecher losdröhnte: *„Henry Charles Bukowski zum Leiter der Abteilung Postzustellung!"*

Ich ließ meine wichtige Arbeit fallen, holte mir beim zuständigen Wachhund einen Laufzettel und ging rüber ins Büro. Der Sekretär des Oberpostlers, ein alter grauer Kriecher, musterte mich von oben bis unten.

„*Sie* sind Charles Bukowski? ", fragte er mich, ziemlich enttäuscht.

„Yeh, man."

„Bitte folgen Sie mir."

Ich folgte ihm. Es war ein großes Gebäude. Wir gingen mehrere Treppen runter, und unten durch eine lange Halle, und dann in einen großen dunklen Raum, aus dem es wieder in einen großen dunklen Raum ging. Dort saßen zwei Männer am einen Ende eines Tisches, der mehr als zwanzig Meter lang sein mußte. Sie saßen unter einer einsamen Lampe. Und am anderen Ende des Tisches stand dieser einzelne Stuhl – für mich.

„Sie können eintreten", sagte der Sekretär. Dann machte er einen Bückling und ging rückwärts raus.

Ich marschierte rein. Die beiden Männer standen auf. Da waren wir nun, unter einer einsamen Lampe im Dunkeln. Aus irgendeinem Grund mußte ich an all die Attentate denken.

Dann sagte ich mir: wir sind hier in Amerika, Daddy. Hitler ist tot. Oder doch nicht?

„Bukowski?"

„Yeh."

Sie gaben mir beide die Hand.

„Setzen Sie sich."

Groovy, baby.

„Das ist Mr. ––– aus Washington", sagte der zweite Typ; er war einer der lokalen Obermacker.

Ich sagte nichts. Es war eine hübsche Lampe. Mit einem Schirm aus Menschenhaut?

Mr. Washington führte das Wort. Er hatte eine Mappe vor sich, mit ziemlich vielen Papieren drin.

„Also, Mr. Bukowski . . ."

„Yeh?"

„Sie sind 48 Jahre alt, und Sie werden seit elf Jahren von der Regierung der Vereinigten Staaten beschäftigt."

„Yeh."

„Sie waren mit Ihrer ersten Frau zweieinhalb Jahre verheiratet, wurden geschieden, und Ihre derzeitige Frau haben Sie wann geheiratet? Wir hätten gern das Datum."

„Kein Datum. Keine Heirat."

„Sie haben ein Kind?"

„Yeh."

„Wie alt?"

„Vier."

„Sie sind *nicht* verheiratet?"

„Nein."

„Zahlen Sie Alimente?"

„Ja."

„Wieviel?"

„So das übliche."

Dann lehnte er sich zurück, und da saßen wir nun. Gut vier

oder fünf Minuten lang sagte keiner von uns dreien ein Wort.

Dann erschien ein Stapel Exemplare der Untergrundzeitung *Open Pussy*.

„Schreiben Sie diese Kolumnen? *Notes of a Dirty Old Man?* ", fragte Mr. Washington.

„Yeh."

Er reichte Mr. Los Angeles ein Exemplar.

„Haben Sie das hier gesehen? "

„Nein. Nein, das habe ich nicht gesehen."

Über der Kolumne trabte ein Schwanz mit Beinen, ein riesiger RIESIGER trabender Schwanz mit Beinen. Die Story drehte sich um einen Freund von mir, den ich einmal im Suff aus Versehen in den Arsch gepimpert hatte – ich hatte ihn mit einer meiner Freundinnen verwechselt. Nach zwei Wochen mußte ich meinen Freund schließlich mit Gewalt aus der Wohnung schmeißen. Es war eine wahre Geschichte.

„Nennen Sie das etwa *Schreiben?* ", fragte Mr. Washington.

„Zu der Schreibe kann ich nichts sagen. Aber als Story fand ich es äußerst lustig. Fanden Sie's nicht auch ganz humorvoll? "

„Aber diese . . . diese Illustration hier über der Story . . ."

„Der trabende Schwanz? "

„Ja."

„Ich hab ihn nicht gezeichnet."

„Sie haben nichts zu tun mit der Auswahl der Illustrationen?"

„Die Zeitung wird Dienstag abends zusammengebastelt."

„Und Sie sind Dienstag abends nicht dabei? "

„Ich habe Dienstag abends *hier* zur Nachtschicht zu erscheinen."

Sie warteten eine Weile, blätterten *Open Pussy* durch, sahen sich meine Kolumnen an.

„Wissen Sie", sagte Mr. Washington und klopfte wieder mit der Hand auf die *Open Pussies,* „Sie wären ganz gut gefahren, wenn Sie weiterhin *Gedichte* geschrieben hätten, aber als Sie mit *diesem* Zeug hier anfingen . . ."

Er klopfte wieder auf die *Open Pussies.*

Ich ließ zwei Minuten und dreißig Sekunden verstreichen. Dann fragte ich: „Haben wir in den Beamten der Post die neuen Kritiker der Literatur zu sehen?"

„Oh, nein, nein", sagte Mr. Washington, „*so* war das nicht gemeint."

Ich saß da und wartete.

„Man erwartet von Postangestellten ein gewisses Betragen. Sie stehen im öffentlichen Dienst. Sie sollen ein Beispiel geben für beispielhaftes Verhalten."

„Ich habe den Eindruck", sagte ich, „daß Sie meine Meinungsfreiheit bedrohen und mir den Verlust meines Arbeitsplatzes in Aussicht stellen. Dafür dürfte sich die American Civil Liberties Union interessieren."

„Es wäre uns trotzdem lieber, wenn Sie die Kolumne nicht schreiben würden."

„Gentlemen, jeder kommt mal an den Punkt, wo er sich entscheiden muß, ob er hart bleiben oder davonlaufen will. Ich habe beschlossen, hart zu bleiben."

Ihr Schweigen.

Warten.

Warten.

Das Rascheln der *Open Pussies.*

Dann Mr. Washington: „Mr. Bukowski?"

„Yeh?"

„Werden Sie noch weitere Kolumnen über das Postamt schreiben?"

Ich hatte eine über sie geschrieben, sie schien mir allerdings mehr humorvoll als abträglich – aber naja, vielleicht war *ich* es, der eine Macke hatte.

Diesmal ließ ich sie richtig warten. Dann sagte ich: „Nein – es sei denn, Sie zwingen mich dazu."

Jetzt ließen sie *mich* warten. Das Verhör war wie eine Schachpartie, wo man darauf hoffte, daß der andere den falschen Zug machte, sich seine Bauern, Springer, Bischöfe, Könige und Königin, und seinen *Schneid* abnehmen ließ. (Und mittlerweile, während ihr das hier lest, bin ich meinen gottverdammten Job auch schon los. Groovy, baby. Also schickt Dollars für Bier und Kränze an den Charles Bukowski Rehabilitations-Fonds . . .)

Mr. Washington stand auf.

Mr. Los Angeles stand auf.

Mr. Charles Bukowski stand auf.

Mr. Washington sagte: „Ich denke, die Unterhaltung ist beendet."

Wir schüttelten einander die Hand wie Schlangen, die einen Sonnenstich abgekriegt hatten.

Mr. Washington sagte: „Springen Sie uns inzwischen nicht von irgend einer Brücke runter . . ."

(Komisch: daran hatte ich garnicht gedacht.)

„ . . . so einen Fall haben wir seit zehn Jahren nicht mehr gehabt."

(Seit zehn Jahren? Wer war denn der arme Schlucker?)

„Und jetzt? ", fragte ich.

„Mr. Bukowski", sagte Mr. Los Angeles, „melden Sie sich wieder an Ihrem Arbeitsplatz."

Es war wirklich ein beunruhigender Trip, bis ich mich von da unten aus dem Kafka-Labyrinth wieder durchgefunden hatte bis zu dem Stockwerk, wo wir die Post sortierten; und als ich schließlich oben ankam, fingen meine beknackten Kollegen (alles brave Arschlöcher) prompt an, mich zu nerven:

„Hey, Baby, wo bist'n gewesen? "

„Was ham sie von dir gewollt, Daddy-o? "

„Hast du wieder ne schwarze Ische geschwängert, Big Daddy? "

Ich schwieg sie an. Man lernt schließlich was vom guten alten Uncle Sammy.

Sie nervten mich weiter und flippten rum und steckten sich

die Finger in ihre geistigen Ärsche. Sie waren wirklich fickrig. Ich war Old Kool, und wenn man Old Kool kleingekriegt hatte, dann kriegte man auch jeden von ihnen klein.

„Sie wollten mich zum Postmeister machen", erzählte ich ihnen.

„Und was dann, Daddy-o? "

„Ich hab ihnen gesagt, sie sollen sich 'n Batzen heiße Scheiße in ihre vergrätzte Fotze schieben."

Der Aufpasser kam vorbei, und sofort waren wieder alle an ihren Plätzen und malochten, aber ich, ich, Bukowski, steckte mir gemütlich eine Zigarre an, schmiß das Streichholz auf den Boden und starrte an die Decke, als gingen mir große und erhabene Gedanken durch den Kopf. Das war nichts als Mache; mein Hirn war leer; ich wünschte mir lediglich einen halben Liter Grandad und sechs oder sieben große kühle Biere . . .

Die mistige Zeitung wurde größer, jedenfalls schien es so, und zog in die Melrose Avenue um. Aber ich haßte es immer, dort mit meinen Manuskripten reinzugehen, weil alle so beschissen, so echt beschissen und versnobt und irgendwie verkehrt waren, versteht ihr. Es änderte sich eben nichts. Der Mensch, das Raubtier, entwickelte sich ausgesprochen langsam. Sie waren genauso mickrig wie die Typen, mit denen ichs zu tun hatte, als ich zum ersten Mal in die Redaktion der Zeitung vom Los Angeles City College reinging, 1939 oder 1940 – all diese kleinen verschwiemelten Fatzkes, die ödes dämliches Zeug schrieben, mit kleinen Hüten aus Zeitungspapier auf den Köpfen. So entsetzlich wichtigtuerisch – nichtmal menschlich genug, um deine Anwesenheit zur Kenntnis zu nehmen. Zeitungsfritzen waren schon immer der Abschaum der Menschheit; der armseligste Wicht von der Putzkolonne, der in den Weiberklos die Damenbinden rauspult, hat mehr Seele als die. Klarer Fall.

Ich sah mir damals diese College-Freaks an, machte auf dem

Absatz kehrt und ging nie wieder zurück.

Und jetzt *Open Pussy*. Achtundzwanzig Jahre später.

Meinen Artikel in der Hand. Da saß Cherry an einem Schreibtisch. Cherry war am Telefonieren. Sehr wichtig. Konnte nicht mit mir reden. Oder Cherry war nicht am Telefonieren sondern schrieb irgendwas auf ein Stück Papier. Konnte nicht mit mir reden. Immer die gleiche alte Tour. Dreißig Jahre hatten nichts geändert. Und Joe Hyans rannte rum, machte große Sachen, rannte die Treppen rauf und runter. Oben hatte er ein kleines Office. Sehr exklusiv, versteht sich. Und irgendein armer Scheißer hockte im Nebenzimmer, wo Joe ihm zusehen konnte, wie er auf der IBM die Vorlagen für den Drucker tippte. Der arme Scheißer kriegte 35 die Woche, für eine 60-Stunden-Woche, und der arme Scheißer freute sich, ließ sich einen Bart wachsen und bekam einen überaus seelenvollen Blick in die Augen, während er dieses drittklassige jämmerliche Zeug runtertippte. Die Beatles dröhnten aus den Lautsprechern, ständig klingelte das Telefon, und der Herausgeber Joe Hyans war permanent am RENNEN, IRGENDWOHIN, IRGENDWAS WICHTIGES. Aber wenn man in der Woche darauf das Blatt aufschlug, fragte man sich, wo er eigentlich hingerannt war. Es war jedenfalls nicht da drin.

Open Pussy machte in dieser Tour weiter. Meine Kolumnen waren nach wie vor gut, aber das Blatt selber war lapprig. Ich konnte schon die Fotze des Todes darin riechen . . .

Jeden zweiten Freitagabend war Redaktionsversammlung. Ein paarmal ging ich hin und machte Stunk. Ansonsten ließ ich mir erzählen, was dabei herausgekommen war, und danach blieb ich dann weg. Wenn das Blatt weiterleben wollte, laß es leben. Ich blieb weg, und mein Zeug steckte ich einfach in einen Umschlag unter der Tür durch.

Dann rief Hyans bei mir zuhause an: „Ich hab eine Idee. Ich möchte, daß du mir die besten Dichter und Prosaschreiber zusammenholst, die du kennst, und wir machen eine Literaturbeilage."

Ich stellte ihm das Ding zusammen. Er druckte es. Und die Bullen ließen ihn hochgehen wegen „Obszönität".

Aber ich war ein netter Mensch. Ich rief ihn an.

„Hyans? "

„Yeh? "

„Nachdem man dich wegen der Sache verknackt hat, kriegst du in Zukunft meine Kolumne umsonst. Die zehn Dollar, die du mir bis jetzt gezahlt hast, kommen in den Verteidigungshaushalt von *Open Pussy.*"

„Dank dir vielmals", sagte er.

So, jetzt hatte er also den besten Schreiber in Amerika für umsonst . . .

Dann eines Nachts rief mich Cherry an.

„Warum kommst du denn nicht mehr zu unseren Redaktionsversammlungen? Wir vermissen dich alle ganz schrecklich."

„Was? Was zum Teufel redest du da, Cherry? Bist du aufm Trip? "

„Nein, Hank, wir alle lieben dich, ehrlich. Komm doch zu unserer nächsten Redaktionsversammlung."

„Ich werd mirs überlegen."

„Es ist alles so tot ohne dich."

„Und *mit* mir isses der Tod."

„Wir wollen dich, old man."

„Ich überleg mirs, Cherry."

Also, ich ging hin. *Open Pussy* feierte sein einjähriges Bestehen, und Hyans selber hatte bei mir den Eindruck erweckt, als würden aus diesem Anlaß der Wein und die Mösen und das Leben und die Liebe in Strömen fließen.

Aber als ich hinkam, sehr besäuselt und in Erwartung von Fickszenen auf dem Fußboden und Liebe allenthalben, da sah ich all diese Liebeskreaturen stattdessen emsig am Malochen. Wie sie da so getreten und armselig rumhingen, erinnerten sie mich stark an die kleinen alten Heimarbeiterinnen, denen ich früher die Stoffe anlieferte; damals quälte ich mich mit hundertjährigen Aufzügen herum, handbetrieben per Seilzug, voller Ratten und Gestank; Heimarbeiterinnen, stolz und tot und neurotisch wie nur was, die arbeiteten und arbeiteten, um irgendeinen zum Millionär zu machen . . . in New York, in Philadelphia, in St. Louis.

Und die hier, von *Open Pussy,* arbeiteten *ohne* Bezahlung; und hier war Joe Hyans, einigermaßen fett und brutal dreinschauend, der hinter ihnen auf und ab ging, die Hände auf dem Rücken, und darauf achtete, daß jeder freiwillige Helfer seine Arbeit anständig und exakt erledigte.

„Hyans! Hyans, du mieser Arschficker!", brüllte ich, als ich reinkam. „Du ziehst hier einen Sklavenmarkt auf, du bist ein lausiger verschissener Simon Legree! Du schreist nach Gerechtigkeit von der Polizei und von Washington D.C., und dabei bist du das größte verkommenste Schwein von allen! Du bist schlimmer als hundert Hitler, du Bastard, du Sklaventreiber! Du schreibst von Gemeinheiten, und dann übertriffst du sie dreifach! Was glaubst du wohl, wem du damit was vormachst, du Aasgeier! Für wen hältst du dich eigentlich? "

Zum Glück für Hyans waren seine Angestellten ziemlich an mich gewöhnt; für sie war alles, was ich sagte, reiner Schwachsinn, und Hyans war die personifizierte Wahrheit.

Hyans kam rüber und drückte mir eine Heftmaschine in die Hand.

„Setz dich hin", sagte er. „Wir versuchen die Auflage zu steigern. Also setz dich hin und klammere an jedes Exemplar einen von diesen grünen Waschzetteln dran. Wir verschicken unsere Restexemplare an potentielle Abonnenten."

Der gute alte Freedom Loveboy Hyans war zu Big-Business-Methoden übergegangen, um seinen Scheiß an den Mann zu bringen. Die vollendete Gehirnwäsche.

Schließlich kam er wieder her und nahm mir den Apparat

weg.

„Du machst das nicht schnell genug."

„Fuck you, mother. Ich hab gedacht, hier fließt der Champagner. Und jetzt soll ich Heftklammern fressen . . ."

„Hey, Eddie!"

Er rief sich einen anderen Sklaven heran – hohlwangig, dünnarmig, abgezehrt. Der arme Eddie war am Verhungern. Alle hungerten sie für die Große Sache. Alle außer Hyans und seiner Alten – die wohnten in einem zweistöckigen Haus, schickten eins ihrer Kinder auf eine Privatschule, und hinten in Cleveland war der alte Papa, der war einer der Bosse des *Cleveland Plain Dealer* und hatte mehr Geld als sonstwas.

Und dann bugsierte mich Hyans raus, und mit mir einen Typ mit einem kleinen Propeller auf seiner Schirmmütze, Lovable Doc Stanley hieß er, glaube ich, und ebenso die Alte von Lovable Doc; und als wir ganz friedlich durch die Hintertür rausgingen und uns zu dritt eine billige Flasche Wein teilten, ertönte hinter uns die Stimme von Joe Hyans: „Und macht, daß ihr rauskommt, und laßt euch hier *nie* mehr blicken! . . . Das gilt natürlich nicht für *dich*, Bukowski."

Der arme Irre. Er wußte genau, was seine Zeitung am Laufen hielt . . .

Dann gabs wieder eine Beschlagnahmung durch die Polizei. Diesmal wegen einer Großaufnahme von der Möse einer Frau. Hyans war mal wieder unschlüssig: entweder die Auflage mit allen Mitteln hochtreiben, oder das Blatt einstellen und den Laden dichtmachen. Es war eine Zwickmühle, mit der er nicht zurechtkam, und es setzte ihm immer mehr zu. Nur die Leute, die für 35 die Woche oder ganz umsonst arbeiteten, schienen ein Interesse an der Zeitung zu haben. Immerhin, Hyans gelang es, ein paar von den jüngeren weiblichen Freiwilligen ins Bett zu kriegen, sodaß er also nicht bloß seine Zeit verplemperte.

„Warum hängst du deinen Scheißjob nicht an den Nagel und

arbeitest für uns? ", fragte mich Hyans.

„Wieviel? "

„45 Dollar die Woche. Einschließlich deiner Kolumne. Mittwoch abends wirst du auch die Exemplare ausfahren zu unseren Münzkästen. Mit deinem Auto. Benzinkosten übernehme ich. Ansonsten machst du Berichterstattung nach Auftrag. 11 Uhr morgens bis abends halb acht, Freitag und Samstag frei."

„Ich werd mirs überlegen."

Dann kam sein alter Herr aus Cleveland zu Besuch. Wir betranken uns zusammen in Hyans' Wohnung. Hyans und Cherry schienen mit Pops ziemlich unglücklich zu sein. Und Pops konnte Whisky vertragen. Pot war nicht seine Sache. Ich konnte den Whisky auch vertragen. Wir soffen die ganze Nacht.

„Also, wenn ihr die *Free Press* loswerden wollt, müßt ihr folgendes machen: schlagt ihre Verkaufsboxen kaputt, jagt ihre Straßenverkäufer davon, schlagt ein paar von ihnen zusammen. So haben wir es früher gemacht. Ich hab Geld. Ich kann euch ein paar Schläger anheuern, ein paar richtige knallharte Typen. Wir können Bukowski anheuern . . ."

„Verdammt nochmal!" brüllte der junge Hyans, „ich will von deinem Scheiß nichts *wissen,* kapiert? "

Pops wandte sich an mich: „Was hältst du von meiner Idee, Bukowski? "

„Ich finde sie gut. Gib mal die Flasche rüber."

„Bukowski is wahnsinnig!", brüllte Joe Hyans.

„Du druckst aber seine Kolumne", sagte Pops.

„Er ist der beste Schreiber in Kalifornien", sagte der junge Hyans.

„Der beste wahnsinnige Schreiber in Kalifornien", korrigierte ich ihn.

„Sohn", sagte Pops, „ich hab all dieses Geld. Ich will aus deiner Zeitung was machen. Wir brauchen nichts weiter zu tun, als ein paar Schläger . . ."

„Nein, nein, nein!", brüllte Joe Hyans. „Da mach ich nicht

mit!" Dann rannte er aus dem Haus. Was war er doch für ein wundervoller Mensch, dieser Joe Hyans. Er rannte aus dem Haus. Ich griff nach einem neuen Drink und erklärte Cherry, ich würde sie im Stehen ficken, mit dem Rücken gegen die Bücherwand. Pops sagte, er wolle gleich nach mir ran. Cherry keifte uns an, während Joe Hyans mit seiner Seele die Straße runter rannte . . .

Irgendwie gings weiter mit der Zeitung, sie erschien jetzt sogar wöchentlich. Dann kam der Prozeß wegen dieses Fotos von der Möse.

Der Staatsanwalt fragte Hyans: „Würden Sie sich verwahren gegen orale Kopulation auf den Stufen des Rathauses?"

„Nein", sagte Joe, „aber es würde wahrscheinlich eine Verkehrsstockung verursachen."

Oh, Joe, dachte ich. *Das* ging dir daneben. Hättest sagen sollen „Ich sähe orale Kopulation lieber *im* Rathaus, wo sie sowieso an der Tagesordnung ist."

Dann wurde Hyans' Verteidiger vom Richter gefragt, was das Foto von dem weiblichen Geschlechtsorgan zu bedeuten habe, und der Verteidiger sagte: „Well, es zeigt einfach, wie es ist. So isses eben, Daddy."

Natürlich verloren sie den Prozeß und gingen in die Berufung.

„Eine Polizeiaktion", sagte Joe Hyans zu den paar Reportern, die erschienen waren, „nichts als eine Polizeiaktion."

Was für ein brillanter Mensch, dieser Joe Hyans . . .

Das nächste, was von Joe Hyans kam, war ein Anruf: „Bukowski, ich hab mir grad eine Knarre gekauft. 112 Dollar. Prima Waffe. Ich werde einen damit umlegen!"

„Wo bist du jetzt?"

„In der Bar, unten bei der Zeitung."

„Bin sofort da."

Als ich hinkam, ging er vor der Bar auf und ab.

„Komm", sagte er, „ich zahl dir'n Bier."

Wir setzten uns. Die Bude war voll. Hyans redete ein bißchen sehr laut. Man konnte ihn bis rüber nach Santa Monica hören.

„Ich werde sein Hirn über die ganze Wand schmieren – Ich werd die Drecksau umlegen!"

„Wen denn, Kid? Warum willst du den Kerl umlegen, Kid?"

Er starrte vor sich hin.

„Groove, baby. Warum willst du den Drecksack umlegen, hm?"

„Er fickt meine Frau! Darum!"

„Oh."

Er starrte weiter vor sich hin. Es war wie im Film. Es war nichtmal so gut wie im Film.

„Eine prima Waffe", sagte Joe. „Man schiebt dieses kleine Magazin rein. Zehn Schuß. Hintereinander. Von dem Scheißtyp wird nichts mehr übrig sein!"

Joe Hyans.

Dieser edle Mensch mit dem großen roten Bart.

Groovy, baby.

Naja, ich fragte ihn: „Was ist mit all den Artikeln gegen den Krieg, die du gedruckt hast? Und all dieses Gedöhns von wegen Love? Was ist passiert?"

„Oh also *komm,* Bukowski, du hast doch diesen Pazifismuskram nicht etwa ernst genommen?"

„Well, ich weiß nicht . . . Naja, wahrscheinlich nicht."

„Ich hab diesen Typ gewarnt, daß ich ihn umlege, wenn er nicht wegbleibt, und ich komm rein, und da hockt er auf der Couch, in *meinem* Haus! Was würdest *du* denn da machen?"

„Du machst daraus einen Angriff auf dein persönliches Eigentum, verstehst du das nicht? Scheiß doch einfach drauf. Vergiß es. Dreh dich um. Laß die beiden da hocken."

„Hast du das immer gemacht?"

„Seit ich dreißig war, immer. Ab 40 wird leichter. Als Twen

dagegen hab ich noch durchgedreht. Die ersten Reinfälle sind die schlimmsten."

„*Well, ich werd den Drecksack umlegen! Ich werd ihm sein gottverdammtes Hirn rausblasen!*"

Die ganze Bar hörte zu. Love, baby, love.

„Komm, gehn wir hier raus", sagte ich.

Draußen vor der Bar ging Hyans in die Knie und ließ einen Vier-Minuten-Schrei los, bei dem im Umkreis von einer Meile die Milch sauer wurde. Man konnte ihn glatt bis Detroit hören. Dann zog ich ihn hoch und bugsierte ihn rüber zu meinem Wagen. Als er den Türgriff in der Hand hatte, ging er in die Knie und schickte einen weiteren Jodler in Richtung Detroit. Er kam von Cherry nicht los, der arme Hund. Ich zog ihn hoch, setzte ihn rein, stieg auf der anderen Seite ein, fuhr nach Norden zum Sunset, dann den Sunset runter nach Osten, und an der roten Ampel, Ecke Sunset und Vermont, ließ er nochmal einen los. Ich steckte mir eine Zigarre an. Die anderen Fahrer starrten den rotbärtigen Brüller an.

Der hört nicht mehr auf, dachte ich. Ich werd ihn k.o. schlagen müssen.

Aber dann, als es Grün wurde, machte er Schluß, und ich schob den Gang rein. Er hockte da und schluchzte. Ich wußte nicht, was ich sagen sollte. Es gab nichts zu sagen.

Ich werd mit ihm zu Mongo fahren, dachte ich. Mongo ist randvoll mit Shit. Vielleicht kann er ein bißchen davon auf Hyans abladen. Ich hatte seit vier Jahren nicht mehr mit einer Frau zusammengelebt. Ich war schon zu weit weg davon, um noch was daran zu finden.

Wenn er nochmal losbrüllt, dachte ich, muß ich ihn k.o. schlagen. Nochmal so einen halt ich nicht aus.

„Hey! Wo fahr'n wir hin? "

„Zu Mongo."

„Oh nee! Nicht zu Mongo! Ich hasse den Kerl! Der macht sich nur lustig über mich! Er is'n gemeiner Hund!"

Das stimmte. Monto war ein guter Kopf, aber gemein. Bei ihm vorbeizuschauen, war nicht das Richtige. Das würde ich nicht über die Runden bringen. Wir fuhren weiter.

„Hör zu", sagte Hyans, „ich hab hier in der Nähe eine Freundin. Ein paar Blocks weiter nach Norden. Setz mich dort ab. Die versteht mich."

Ich drehte nach Norden ab.

„Hör mal", sagte ich, „leg den Kerl nicht um."

„Warum nicht? "

„Weil du der einzige bist, der meine Kolumne druckt."

Ich fuhr ihn da hin, ließ ihn raus, wartete, bis die Haustür aufgemacht wurde; dann haute ich ab. Ein guter Fick brachte ihn vielleicht wieder auf die Beine. Ich hatte selber einen nötig . . .

Als ich wieder von Hyans hörte, war er zuhause ausgezogen.

„Ich habs nicht mehr ausgehalten. Neulich abends geh ich unter die Dusche, mach mich bereit, sie zu ficken, ihr ein bißchen Leben in die Knochen zu ficken, und weißt du, was dann?"

„Was? "

„Ich geh rein, und sie rennt aus dem Haus. So eine Zicke!"

„Hör zu, Hyans, ich kenn das Spiel. Ich kann gegen Cherry nichts sagen, denn eh man sichs versieht, seid ihr beiden wieder zusammen, und dann fallen dir all die dreckigen Sachen ein, die ich über sie gesagt habe."

„Ich geh nie mehr zu ihr zurück."

„Mhm."

„Ich hab beschlossen, den Drecksack nicht umzulegen."

„Gut."

„Ich werd ihn zu einem Boxkampf herausfordern. Streng nach den Regeln. Schiedsrichter, Ring, Handschuhe und alles."

„OK", sagte ich.

Zwei Bullen, die um die Kuh kämpfen. Und eine knochige dazu. Aber in Amerika war es oft der Verlierer, der die Kuh bekam. Mutterinstinkt? Dickere Brieftasche? Längerer Schwanz? Gott weiß was . . .

Während Hyans verrückt spielte, heuerte er einen Typ mit Pfeife und Krawatte an, der die Zeitung weitermachen sollte. Aber es war offenkundig, daß *Open Pussy* auf dem letzten Loch blies. Und niemand scherte sich darum; außer den freiwilligen Helfern und denen mit 25 oder 35 Dollars pro Woche. Denen machte die Zeitung Spaß. Nicht daß sie besonders gut war, aber sie war auch nicht ganz schlecht. Denn wie ihr wißt, gab es da diese Kolumne von mir: *Notes of a Dirty Old Man.*

Und der pfeifenrauchende Krawattenheini brachte die Zeitung heraus. Sie sah aus wie immer. Und währenddessen bekam ich ständig zu hören: „Joe und Cherry sind wieder zusammen. Joe und Cherry haben sich wieder verkracht. Joe und Cherry sind jetzt wieder zusammen. Joe und Cherry . . ."

Dann, an einem kalten tristen Mittwochabend, ging ich an ein Kiosk, um mir die neueste *Open Pussy* zu kaufen. Ich hatte eine meiner besten Kolumnen geschrieben und wollte sehen, ob sie den Nerv gehabt hatten, sie zu drucken. Am Kiosk gabs nur die *Open Pussy* von der vergangenen Woche. Ich roch es in der toten blauen Luft: das Spiel war aus.

Ich kaufte zwei große Sechserpackungen Bier, ging zurück in meine Bude und goß mir das Requiem runter. Ich hatte immer mit dem Ende gerechnet, aber jetzt hatte es mich doch unvorbereitet getroffen. Ich ging zur Wand, nahm das Poster herunter und warf es in den Mülleimer: „OPEN PUSSY, EINE WOCHENZEITUNG DER LOS ANGELES RENAISSANCE."

Die Regierung brauchte sich keine Sorgen mehr zu machen. Und ich war wieder ein fabelhafter Bürger.

Auflage: zwanzigtausend. Wenn wir sechzig geschafft hätten – ohne Familientrouble, ohne Polizeiaktionen – dann wären wir überm Berg gewesen. Wir schafften es nicht.

Am nächsten Tag rief ich in der Redaktion an. Das Girl am

Telefon war in Tränen aufgelöst. „Wir haben versucht, dich gestern abend zu erreichen, Bukowski; aber keiner wußte, wo du wohnst. Es ist schrecklich. Es ist aus. Es ist vorbei. Das Telefon klingelt in einer Tour. Ich bin die einzige hier. Dienstag abend machen wir eine Redaktionsversammlung; vielleicht können wir die Zeitung retten. Aber Hyans hat alles mitgenommen – die ganzen Artikel, die Adressenliste, die IBM-Maschine, die ihm garnicht gehört hat. Alles ausgeräumt. Es ist nichts mehr da."

Oh, hast du eine süße Stimme, Baby, so eine endlos traurige süße Stimme; dich würd ich gern ficken, dachte ich.

„Wir überlegen, ob wir eine Hippie-Zeitung machen. Der Underground ist tot. Wir treffen uns Dienstag abend bei Lonny. Bitte komm."

„Ich werds versuchen", sagte ich, obwohl ich wußte, daß ich nicht hingehen würde. Das wars also – beinahe zwei Jahre. Es war vorbei. Die Bullen hatten gewonnen, die Stadt hatte gewonnen, die Regierung hatte gewonnen. Die Straßen waren wieder sauber. Vielleicht würden die Bullen jetzt damit aufhören, mir jedesmal einen Strafzettel zu geben, wenn sie mein Auto sahen. Und Cleaver würde uns keine kleinen Mitteilungen mehr schicken aus seinem Versteck. Und die *L.A. Times* gabs überall zu kaufen. Lieber Herr Jesus und Mutter im Himmel, was für ein trauriges Leben.

Aber ich gab dem Girl meine Adresse und Telefonnummer. Vielleicht konnte ich sie auf die Matratze kriegen. (Harriet, du bist nie erschienen.)

Aber Barney Palmer erschien, unser politischer Schreiber. Ich ließ ihn rein und machte die Bierdosen auf.

„Hyans", sagte er, „hat sich die Knarre in den Mund gesteckt und abgedrückt."

„Und was passierte? "

„Ladehemmung. Da hat er die Knarre verkauft."

„Er hätte es nochmal versuchen können."

„Einmal abzudrücken kostet schon genug Mut."

„Hast recht. Entschuldige. Hab einen entsetzlichen Kater."

„Willst du wissen, wie's gekommen ist?"

„Klar. Ist ja auch mein Tod."

„Also, es war Dienstag abend, wir versuchten die Ausgabe fertig zu kriegen. Wir hatten deine Kolumne, und gottseidank war sie lang, denn wir hatten nicht genug Text. Es sah so aus, als würden wir die Seiten nicht vollkriegen. Hyans tauchte auf, glasige Augen, zuviel Wein getrunken. Er und Cherry hatten sich wieder verkracht."

„Oje."

„Yeh. Jedenfalls, wir kriegten die Seiten nicht voll. Und Hyans murkste uns ständig dazwischen. Schließlich ging er nach oben, legte sich auf die Couch und sackte weg. Kaum war er weg, ging alles wie geschmiert. Wir schafften es und hatten 45 Minuten, um das Zeug zum Drucker zu bringen. Ich sagte, ich würde runterfahren zur Druckerei. Und weißt du, was dann passierte?"

„Hyans kam wieder zu sich."

„Wie hast du das gewußt?"

„So bin ich eben."

„Na jedenfalls, er bestand darauf, das Zeug selber in die Druckerei zu bringen. Er schmiß es in seinen Wagen, aber in der Druckerei kam er nie an. Am nächsten Tag kamen wir rein und fanden seinen Zettel, und das Büro war ausgeräumt – die IBM-Maschine, die Adressenliste, alles . . ."

„Habs gehört. Naja, laß uns die Sache mal so sehen: er hat das gottverdammte Ding auf die Beine gestellt, also hatte er auch das Recht, es einzustellen."

„Aber die IBM-Maschine, sie gehörte ihm nicht. Dafür könnte er in Schwierigkeiten kommen."

„Hyans ist an Schwierigkeiten gewöhnt. Er braucht sie geradezu. Sie bringen ihn auf Touren. Solltest ihn mal brüllen hören."

„Aber es sind all die kleinen Leute, Buk, die Jungs mit 25 Piepen pro Woche, die alles liegen ließen, um das Ding über die Runden zu bringen. Die Jungs mit Pappkarton in den Schuhen. Die Jungs, die auf dem Fußboden geschlafen haben."

„Die Kleinen kriegen es immer in den Arsch, Palmer. Das ist eben der Lauf der Geschichte."

„Du redest wie Mongo."

„Mongo hat gewöhnlich recht; wenn er auch ein mieser Knochen ist."

Wir redeten noch eine Weile, dann war auch das vorbei.

Während der Nachtschicht kam ein großer schwarzer Teddybär zu mir her. „Hey, Bruder, ich hab gehört, eure Zeitung is eingegangen."

„Stimmt, Bruder, aber wo hast du das her? "

„Steht in der *L.A. Times,* auf der ersten Seite vom Innenteil. Schätze, die jubeln jetzt."

„Schätze ich auch."

„Wir mochten deine Zeitung, Mann. Und deine Kolumne auch. Wirklich starkes Zeug."

„Danke dir, Bruder."

Während der Essenspause (22.24 Uhr) ging ich raus und kaufte die *L.A. Times.* Ich ging damit über die Straße in eine Bar, besorgte mir einen Krug Bier für einen Dollar und ging an einen Tisch, wo Licht war:

OPEN PUSSY TIEF IN DEN ROTEN ZAHLEN

Open Pussy, die zweitgrößte Untergrundzeitung in Los Angeles, hat ihr Erscheinen eingestellt, wie die Herausgeber am Donnerstag bekanntgaben. Das Blatt hätte in 10 Wochen sein zweijähriges Bestehen feiern können.

Hohe Schulden, Schwierigkeiten mit dem Vertrieb und eine 1000-Dollar-Strafe nach einer Verurteilung wegen Obszönität im Oktober haben nach Ansicht des stellvertretenden Redak-

tionsleiters Mike Engel zum Niedergang der Wochenzeitung beigetragen. Die letzte Auflage des Blattes gab er mit 20 000 an.

Engel und andere Redaktionsmitglieder sagten jedoch, sie seien überzeugt, daß Open Pussy weiter hätte erscheinen können, doch Herausgeber Joe Hyans, 35, habe die Einstellung des Blattes verfügt.

Als die Mitarbeiter der Zeitung am Mittwoch früh in die Redaktionsräume an der Melrose Avenue Nr. 4369 kamen, fanden sie eine Nachricht von Hyans, in der es auszugsweise hieß:

„Das Blatt hat seinen künstlerischen Zweck erfüllt. Politisch war es ohnehin nie besonders effektiv. Was in letzter Zeit darin zu lesen war, stellt keine Verbesserung dar gegenüber dem, was wir vor einem Jahr gedruckt haben.

Als Künstler muß ich mich abwenden von einem Werk, das nicht mehr wächst . . . auch wenn es ein Werk meiner eigenen Hände ist, und obwohl es Kies (Geld) bringt."

Ich trank den Bierkrug leer und ging zurück zu meinem Regierungsjob.

Ein paar Tage später fand ich eine Nachricht in meinem Briefkasten:

10.45, Montag

Hank – – –

Habe heute früh in meinem Briefkasten eine Nachricht von Cherry. Hyans gefunden. (Ich war den ganzen Sonntag weg.) Sie sagt, sie hat die Kinder bei sich und ist krank und in großen Schwierigkeiten, bei –––––– in der Douglas Street. Ich kann die Douglas Street auf dem verdammten Stadtplan nicht finden, aber ich wollte dich das mit der Nachricht wissen lassen.

Barney

Einige Tage danach klingelte das Telefon. Es war keine Frau mit einer heißen Möse. Es war Barney.

„Hey, Joe Hyans ist in der Stadt."

„Das sind wir beide auch", sagte ich.

„Joe ist wieder bei Cherry."

„Yeh?"

„Sie werden nach San Francisco ziehen."

„Das würde ich ihnen auch empfehlen."

„Das mit der Hippie-Zeitung hat nicht geklappt."

„Yeh. Tut mir leid, daß ich nicht kommen konnte. War besoffen."

„Das macht nichts. Aber hör zu, ich hab grad einen Artikel zu schreiben, aber sobald ich damit fertig bin, möchte ich mich mit dir treffen."

„Weshalb?"

„Ich hab einen Geldgeber aufgetan. Fünfzigtausend."

„Fünfzigtausend?"

„Yeh. Echtes Geld. Er will einsteigen. Er will ne neue Zeitung starten."

„Halt mich auf dem laufenden, Barney. Ich hab dich immer gemocht. Erinnerst du dich noch, wie wir mal um vier Uhr nachmittags bei mir zuhause zu trinken anfingen und die ganze Nacht durch gequatscht haben und erst am nächsten Morgen um Elf aufgesteckt haben?"

„Yeh. War ne irre Nacht. Du kannst noch jeden unter den Tisch trinken. Nicht schlecht für dein Alter."

„Yeh."

„Also, sobald ich mit diesem Artikel durch bin, geb ich dir Bescheid."

„Yeh. Laß von dir hören, Barney."

„Mach ich. Halt inzwischen die Ohren steif."

„Klar."

Ich ging aufs Klo und zog einen herrlichen Bierschiß ab. Dann stieg ich ins Bett, wichste mir einen runter und schlief.

Szenen aus der Großen Zeit

I

Die Neuen mußten immer die Taubenscheiße wegmachen, und während man sich mit der Taubenscheiße abmühte, kamen auch schon wieder die Tauben an und schissen einem in die Haare und ins Gesicht und auf die Kleider. Man bekam keine Seifenlauge, nur Wasser und eine Bürste, und die Scheiße ging schlecht wieder ab. Später kam man in die Werkstatt und arbeitete für 3 Cents die Stunde, aber als Neuer mußte man zunächst mal an die Taubenscheiße ran.

Ich war mit Blaine zusammen, als er die Idee hatte. Er sah eine Taube in der Ecke, der Vogel konnte nicht mehr fliegen. „Hör zu", sagte Blaine, „ich weiß, daß diese Vögel miteinander reden können. Laß uns mal diesem Vogel was mitgeben, was er den anderen sagen kann. Wir nehmen uns den Kerl vor und schmeißen ihn da aufs Dach rauf, dann kann er den anderen erklären, was läuft."

„OK", sagte ich.

Blaine ging hin und hob den Vogel auf. Er hatte eine kleine braune Rasierklinge bei sich. Er sah sich um. Wir waren in einer schattigen Ecke des Gefängnishofes. Es war ein heißer Tag, und ziemlich viele Häftlinge hielten sich da in der Ecke auf.

„Möchte mir einer von den Gentlemen bei dieser Operation assistieren? ", fragte Blaine.

Es meldete sich keiner.

Blaine fing an, dem Vogel ein Bein abzuschneiden. Starke Männer wandten sich ab. Ich sah, wie der eine oder andere die Hand an die Schläfe hob, um sich die Sicht zu verdecken.

„Was zum Teufel ist los mit euch Typen? ", schrie ich sie an. „Wir haben es satt, ständig Taubenscheiße ins Haar und in die Augen zu kriegen! Wir verpassen diesem Vogel einen Denkzettel und schmeißen ihn aufs Dach rauf, damit er den anderen klarmachen kann: ‚Das sind gemeine Motherfucker da unten! Kommt ihnen nicht zu nahe!' Das Vieh wird diesen anderen Tauben klarmachen, daß sie aufhören sollen, uns vollzukacken!"

Blaine warf den Vogel aufs Dach. Ich weiß nicht mehr, ob die Sache funktioniert hat. Aber eins weiß ich noch: während ich am Schrubben war, kamen mir diese beiden Taubenfüße vor die Bürste. Sie sahen sehr merkwürdig aus, ohne den Vogel dran. Ich fegte sie in die Scheiße.

II

Die meisten Zellen waren überbelegt, und es hatte mehrere Rassenkrawalle gegeben. Sie holten Blaine aus meiner Zelle und steckten ihn in eine Zelle mit Schwarzen. Als Blaine dort reinkam, hörte er, wie einer der Schwarzen sagte: „Da kommt meine Schwuchtel! Jawohl, Mann, den mach ich zu meiner Schwuchtel! Na, eigentlich könnten wir *alle* ran und uns ne Nummer genehmigen! Was ist, Baby: machst du 'n Strip, oder müssen wir dir helfen? !"

Blaine zog sich aus und legte sich flach auf den Bauch.

Er hörte, wie sie um ihn herumgingen.

„Mann Gottes! So'n HÄSSLICHES Loch hab ich selten gesehn!"

„Ich bring keinen hoch, Boyer, ich brings einfach nicht!"

„Meine Güte, sieht aus wie ne kranke Doughnut!"

Sie gingen alle weg, und Blaine stand auf und zog sich wieder an. Er erzählte mirs auf dem Hof. „Ich hatte Glück. Die hätten mich in Fetzen gerissen!"

„Bedank dich bei deinem häßlichen Loch", sagte ich.

III

Dann war da noch Sears. Sie steckten Sears zu einer Meute von Schwarzen in die Zelle, und Sears sah sich um und legte sich mit dem größten von ihnen an. Der Große lag auf der Pritsche. Sears machte einen Satz und landete mit beiden Knien auf seiner Brust. Sie kämpften. Sears machte ihn fertig. Die anderen sahen einfach zu.

Diesem Sears schien alles egal zu sein. Draußen auf dem Hof ging er in die Hocke, schaukelte langsam hin und her und rauchte eine Kippe. Er sah einen Schwarzen an. Lächelte. Blies den Rauch durch die Nase.

„Weißt du, von wo ich bin? ", fragte er den Schwarzen.

Der Schwarze gab keine Antwort.

„Ich bin aus Two Rivers in Mississippi." Er inhalierte, hielt die Luft an, blies den Rauch durch die Nase, lächelte, schaukelte hin und her. „Da unten würde dirs gefallen."

Dann flippte er die Kippe weg, stand auf, drehte sich um und ging über den Hof . . .

IV

Sears hatte es auch auf weiße Jungs abgesehen. Sears hatte so komisches Haar, es sah wie angeklebt aus und stand nach allen Seiten ab, ein schmutziges Rot. Er hatte eine Messernarbe quer über die eine Backe, und seine Augen waren rund, sehr rund.

Ned Lincoln sah aus wie 19, war aber 22 – schiefes Maul, Buckel, und ein weißer Film ging halb über sein linkes Auge runter. Als der Junge am Tag seiner Einlieferung zum ersten Mal auf den Hof kam, kriegte ihn Sears sofort spitz.

„HEY, DU!", brüllte er hinter dem Jungen her.

Der Junge drehte sich um.

Sears zeigte auf ihn. „DU! ICH NEHM DICH IN DIE MANGEL, MANN! STELL DICH SCHON MAL DRAUF EIN, MORGEN BIST DU DRAN! ICH NEHM DICH IN DIE MANGEL, MANN!"

Ned Lincoln stand einfach da. Er begriff nicht recht. Sears fing mit einem anderen Häftling eine Unterhaltung an, als hätte er die ganze Sache schon wieder vergessen. Aber wir wußten, daß er sie nicht vergessen hatte. Es war einfach so seine Art. Er hatte seine Erklärung abgegeben, und das wars.

Abends in der Zelle nahm einer den Jungen beiseite.

„Sieh dich besser vor, Kid. Der meint es ernst. Besser, du besorgst dir was."

„Was? "

„Na, du kannst dir 'n kleines Messer machen. Nimmst dir den Griff vom Wasserhahn und schleifst ihn auf dem Zement bis er scharf ist. Für zwei Dollar kann ich dir auch ne richtige gute Klinge verkaufen."

Der Junge kaufte die Klinge, aber am nächsten Tag blieb er in der Zelle, er kam nicht raus auf den Hof.

„Der kleine Scheißer hat Angst", sagte Sears.

„Ich hätte auch Angst", sagte ich.

„Du würdest rauskommen", sagte er.

„Ich würde drinbleiben", sagte ich.

„Du würdest rauskommen!", sagte Sears.

„OK, ich würde rauskommen."

Sears ging ihm am nächsten Tag im Duschraum an den Kragen. Keiner sah etwas. Man sah nur das frische rote Blut, das mit dem Seifenschaum und dem Wasser in den Gully floß.

V

Manche Männer sind einfach nicht kleinzukriegen. Sogar das Loch bringt sie nicht zur Vernunft. Joe Statz war so einer. Er saß schon so lange im Loch, daß es wie eine Ewigkeit schien. Der Gefängnisdirektor hatte einen Narren an ihm gefressen. Wenn er Joe kleinkriegte, dann würde er die übrigen Männer besser an die Kandare bekommen.

Eines Tages kam der Direktor mit zwei von seinen Leuten an, sie hoben den Deckel ab, und der Direktor kniete sich hin und brüllte zu Joe runter:

„JOE! JOE, HAST DU GENUG? WILLST DU RAUSKOMMEN, JOE? WENN DU JETZT NICHT RAUS WILLST, JOE, DANN DAUERTS SEHR LANGE, BIS ICH WIEDERKOMME!"

Es kam keine Antwort.

„JOE! JOE! HÖRST DU MICH? "

„Yeah, ich hör schon."

„ALSO, WAS IST DEINE ANTWORT, JOE? "

Joe packte seinen Kübel voll Scheiße und Pisse und kippte dem Direktor das Zeug ins Gesicht. Die beiden Leute des Direktors machten den Deckel wieder drauf. Soviel ich weiß, ist Joe noch immer da unten, tot oder lebendig. Es sprach sich herum, was er mit dem Direktor gemacht hatte. Wir dachten oft an Joe, vor allem nachts.

VI

Als ich rauskam, dachte ich: Ich warte eine Weile, und dann komm ich hier nochmal her; ich werd mirs von außen betrachten und werde dann ganz genau wissen, was da drin läuft, und ich werde diese Mauern anstarren und mir vornehmen, nie mehr dahinter zu landen.

Aber als ich draußen war, ging ich dann doch nicht mehr hin. Ich sah mirs nie von außen an. Es ist wie bei ner miesen Frau. Hat keinen Sinn, daß man nochmal hingeht. Nichtmal einen letzten Blick möchte man daran verschwenden. Aber man kann drüber reden. Das ist leicht. Und das hab ich heute ein bißchen getan. Machts gut, Freunde. Drinnen oder draußen.

Kaputt in Hollywood

Vicki war ganz in Ordnung. Aber wir hatten unsere Schwierigkeiten. Wir hingen an der Weinflasche. Port. Dieses Weib betrank sich und kam ins Reden, und dann warf sie mir die schauderhaftesten und verlogensten Sachen an den Kopf, die man sich vorstellen kann. Und diese Stimme! Verschlampt und heiser und lispelnd und irre. Jedem Mann würde das an den Nerv gehen. Mir jedenfalls ging es.

Einmal schrie sie mir dieses irre Zeug von dem Klappbett entgegen, das in unserer Wohnung steht. Ich flehte sie an, sie solle damit aufhören. Sie hörte nicht auf. Schließlich ging ich einfach hin, hob das Bett hoch, mit ihr drin, und klappte das ganze in die Wand.

Dann ging ich zu meinem Sessel, setzte mich rein und hörte zu, wie sie schrie.

Aber sie schrie immer weiter, und da ging ich wieder hin, klappte das Bett runter, und da lag sie und hielt sich den Arm und behauptete, er sei gebrochen.

„Dein Arm *kann* nicht gebrochen sein", sagte ich.

„Er *is* aber, er *is* aber! Ohh, du mieser elender Wichser, du hast mir den Arm gebrochen!"

Ich genehmigte mir einige weitere Drinks, aber sie hielt sich einfach immer nur den Arm und wimmerte. Schließlich wurde es mir zuviel. Ich sagte ihr, ich sei gleich wieder da, und ich ging die Treppe runter und auf die Straße, und hinter einem Lebensmittelgeschäft fand ich ein paar alte Holzkisten. Ich suchte mir gute stabile Bretter aus, riß sie ab, zog die Nägel raus, ging zurück und fuhr mit dem Aufzug wieder hoch in unsere Wohnung.

Mit ungefähr vier Brettern kam ich aus. Ich riß von einem ihrer Kleider ein paar Streifen ab und band sie ihr damit an ihrem Arm fest. Die nächsten paar Stunden verhielt sie sich ruhig. Dann fing sie wieder an. Ich konnte es nicht mehr ertragen. Ich rief ein Taxi. Wir fuhren ins städtische Krankenhaus. Nachdem ich das Taxi bezahlt hatte, machte ich ihr schnell die Bretter ab und warf sie auf die Straße.

Dann röntgten sie ihr die BRUST und legten ihren Arm in Gips. Das muß man sich mal vorstellen. Ich nehme an, wenn sie sich den Schädel gebrochen hätte, dann hätten sie ihren Arsch geröntgt.

Jedenfalls, danach saß sie dann in den Bars und sagte: „Ich bin die einzige Frau, die man mit nem Klappbett in die Wand geklappt hat."

Da war ich mir noch nichtmal so sicher, aber ich ließ sie reden.

Naja. Ein anderes Mal, als sie mich wieder nervte, schlug ich ihr eine auf den Mund, und dabei ging ihr Gebiß in Stücke.

Ich war überrascht, daß ihr Gebiß nicht mehr aushielt. Ich ging los und besorgte mir so einen Super-Zementkleister und pappte ihr das Gebiß wieder zusammen. Es hielt einige Zeit ganz gut, und eines Abends, als sie dasaß und ihren Wein trank, hatte sie plötzlich lauter einzelne Zähne im Mund.

Dieser Wein war derart stark, daß er den Kleister aufgelöst hatte. Es war zum Kotzen. Wir mußten ihr ein neues Gebiß machen lassen. Wie wir das schafften, weiß ich nicht mehr so recht, aber sie behauptete, sie sehe damit wie ein Pferd aus.

Gewöhnlich kriegten wir uns in die Haare, nachdem wir einiges getrunken hatten, und Vicki behauptete, ich würde jedesmal unheimlich fies, wenn ich einen sitzen hatte, aber ich meine, daß sie diejenige war, die fies wurde. Na jedenfalls, während so einer Streiterei stand sie dann manchmal auf, schlug die Tür hinter sich zu und rannte in irgendeine Bar, „um sich 'n Freier aufzureißen", wie die Girls zu sagen pflegten.

Ich fühlte mich immer schlecht, wenn sie weglief. Das muß ich zugeben. Manchmal blieb sie 2 oder 3 Tage weg. Und Nächte. Das war nicht sehr nett von ihr.

Einmal rannte sie raus, und ich saß da, trank meinen Wein und machte mir Gedanken. Dann stand ich auf, fand den Fahrstuhl und begab mich ebenfalls hinunter auf die Straßen. Ich fand sie in ihrer Stammkneipe. Sie saß da und hatte so einen purpurnen Schal um. Den hatte ich vorher noch nie gesehen. Den versteckte sie wohl vor mir. Ich ging zu ihr hin und sagte ziemlich laut:

„Ich hab versucht, aus dir ne Frau zu machen, aber du bist nichts als ne gottverdammte Nutte!"

Die Kneipe war voll. Kein einziger Platz mehr frei. Ich hob die Hand. Ich holte aus. Ich klatschte ihr eine, daß sie von ihrem gottverdammten Barhocker fiel. Sie fiel auf den Boden und kreischte.

Das war am hinteren Ende der Bar. Ich drehte mich um, sah gar nicht mehr hin und ging die ganze Bar entlang zum Ausgang. Dann machte ich kehrt und nahm die Kundschaft ins Visier. Es war sehr still geworden.

„Also", sagte ich, „wenn hier jemand ist, dem es nicht PASST, was ich grad gemacht hab, dann braucht ers bloß zu SAGEN . . ."

Es war stiller als still.

Ich drehte mich um und ging durch die Tür. Sobald ich draußen war, konnte ich hören, wie drinnen das Schnattern und Labern losging. Schnattern und Labern.

Diese SCHEISSER! Kein einziger Mann in der ganzen Fuhre.

——— aber, natürlich, sie kam wieder, und . . naja, um die Sache kurz zu machen: neulich abends sitzen wir da und trinken Wein, und der alte Streit geht wieder los. Diesmal beschloß *ich,* mich rar zu machen.

„SCHEISSE NOCHMAL, ICH HAU AB AUS DIESEM LOCH!", brüllte ich Vicki an. „ICH KANN DEINE VERFLUCHTE ALTE LEIER NICHT MEHR HÖREN!"

Sie war mit einem Satz an der Tür.

„Nur über meine Leiche, anders kommst du mir nicht hier raus!"

„Na schön, wenns sein muß . . ."

Ich donnerte ihr eine vor den Latz und sie ging vor der Tür zu Boden. Ich mußte sie wegziehen, um rauszukönnen.

Ich nahm den Fahrstuhl nach unten. Fühlte mich ziemlich gut. Eine nette schlingernde Fahrt, vier Stockwerke runter. Der Fahrstuhl war so ne Art Käfig und roch nach alten Socken, alten Handschuhen, alten Staubwedeln, aber er gab mir ein Gefühl von Sicherheit und Power – irgendwie – und der Wein schwappte in mir rum.

Aber draußen auf der Straße überlegte ich mirs wieder anders. Ich ging in den Spirituosenladen. Ich kaufte vier neue Flaschen Wein, ging zurück und fuhr mit dem Fahrstuhl wieder rauf. Als ich in die Wohnung reinkam, saß Vicki auf einem Stuhl und heulte.

„Ich bin zu dir zurückgekommen, Darling. Bist 'n Glückspilz", sagte ich zu ihr.

„Du Drecksack, du hast mich geschlagen, DU HAST

MICH GESCHLAGEN!"

„Mhm", sagte ich, „und wenn du nochmal pampig wirst, schlag ich dich wieder."

„Yeah!", kreischte sie, „MICH KANNST DU SCHLAGEN, ABER 'N MANN ZU SCHLAGEN, DAS TRAUST DU DICH NICHT!"

„NA KLAR!" brüllte ich zurück, „KLAR, SCHLAG ICH KEINEN MANN! GLAUBST DU VIELLEICHT, ICH BIN BLÖD? WAS HAT DAS ÜBERHAUPT DAMIT ZU TUN? !"

Das reichte ihr für ne Weile, und wir saßen eine Weile rum und tranken unsere Wassergläser voll Wein runter. Port.

Dann zog sie wieder über mich her. Vor allem hackte sie darauf rum, ich würde immer onanieren, sobald sie eingeschlafen sei.

Na, ich sagte mir, selbst wenn das so wäre, dann wäre es immer noch meine Angelegenheit; und wenn nicht, dann war sie WIRKLICH ein klinischer Fall. Sie behauptete, ich würde in der Badewanne onanieren, in der Besenkammer, im Fahrstuhl, überall.

Immer wenn ich aus der Wanne stieg, kam sie ins Bad gerannt:

„Da! ICH SEH ES! SIEH DIRS AN!"

„Du verrücktes Luder, das ist nur 'n Dreckrand."

„Nein, das ist SAFT! das ist SAFT!"

Oder sie kam reingerannt, während ich mich unter den Armen wusch, oder zwischen den Beinen:

„Siehst du, siehst du, SIEHST DU! Du MACHST ES!"

„WAS mach ich? Kann sich ein Mann nichtmal die Eier waschen? Das sind MEINE Eier, verdammt! Kann man sich nichtmal die eigenen Eier waschen? "

„Und was ist das Ding, was da hochkommt? "

„Mein kleiner Zeigefinger, und jetzt mach daß du hier RAUSKOMMST!!!"

Oder im Bett, ich schlafe tief und fest, und plötzlich packt mich diese Hand an meinen Sachen, Mann . . . im tiefsten Schlaf, mitten in der Nacht, diese FINGERNÄGEL!

„AH-HA! ICH HAB DICH ERWISCHT! ICH HAB DICH ERWISCHT!"

„Du beknacktes Luder, ich schwör dir, wenn du das nochmal machst, BRING ICH DICH UM!"

„ICH HAB DICH ERWISCHT, ICH HAB DICH ERWISCHT, ICH HAB DICH ERWISCHT!"

„Menschenskind, jetzt schlaf endlich . . ."

Na, und an diesem bewußten Abend saß sie mir also gegenüber und keifte mal wieder rum von wegen Onanieren. Ich hockte einfach da, trank meinen Wein und stritt überhaupt nichts ab. Das machte sie wütender und wütender.

Und wütender.

Schließlich hielt sie es nicht mehr aus. Sie schwafelte von Onanieren – ich meine, daß ICH angeblich onaniere –, und ich hockte einfach da und grinste sie an. Sie sprang auf und rannte aus der Tür.

Ich ließ sie gehen. Ich saß da und trank Wein. Port.

Immer dasselbe.

Ich dachte drüber nach. Hmm, hmm, naja.

Dann stand ich in aller Ruhe auf und nahm den Fahrstuhl nach unten. Ich war nicht wütend. Ich war ganz ruhig. Es war einfach der alte Krieg, wie immer.

Ich ging die Straße runter, aber ich ging nicht in ihre Stammkneipe. Warum das gleiche Spiel wiederholen? Du bist eine Nutte, ich hab versucht eine Frau aus dir zu machen . . . scheiß drauf. Damit konnte man sich nach ner Weile ganz schön lächerlich machen. Also ging ich in eine andere Kneipe und bestieg einen Barhocker in der Nähe der Tür. Ich bestellte einen Drink, nahm einen Schluck, stellte das Ding auf den Tresen, und da sah ich sie. Vicki. Sie saß am anderen Ende der Bar. Aus irgendeinem Grund sah sie aus als hätte sie die Hosen voll.

Aber ich ging nicht zu ihr hin. Ich starrte sie einfach an, so als würde ich sie nicht kennen.

Dann spürte ich etwas neben mir. Es hatte so einen altmodischen Fuchspelz um. Der tote Fuchs ließ ihr seinen Kopf über den Busen hängen und sah mich an. Der Busen sah mich auch an.

„Dein Fuchs sieht aus als könnte er einen Drink gebrauchen, Sweetie", sagte ich zu ihr.

„Der ist tot. Braucht keinen Drink. Aber ich brauch einen, oder ich sterbe."

Na, ein netter Mensch wie ich – wie komme ich dazu, dem Tod unter die Arme zu greifen? Ich kaufte ihr einen Drink. Sie sagte mir ihren Namen. Margy. Ich erzählte ihr, ich sei Thomas Nightengale, Schuhverkäufer. Margy. All diese Frauen, die einen Namen haben, trinken, scheißen, menstruieren. Männer ficken. In die Wand geklappt werden. Es war nicht zu verkraften.

Wir tranken noch ein paar, und schon hatte sie die Handtasche offen und zeigte ein Foto von ihren Kindern vor – ein häßlicher behämmerter Junge und ein Mädchen ohne Haare, sie waren in irgendeinem langweiligen Ort in Ohio, bei ihrem Vater, der Vater war ein Tier, ein Großverdiener; keinen Sinn für Humor, kein Verständnis.

Ah, einer von DENEN . . .

Ja, und er brachte diese Flittchen mit nach Hause und fickte sie vor ihren Augen, bei voller Beleuchtung.

„Ah, verstehe, verstehe", sagte ich. „Ja, sicher, die meisten Männer sind Tiere, sie begreifen einfach nichts. Und du bist SO ein süßer Fratz, Teufel nochmal, es ist einfach nicht gerecht."

Ich schlug vor, in eine andere Bar zu gehen. Vicki's Arsch zuckte nervös, und sie war zur Hälfte Indianerin.

Wir ließen sie da hocken. Wir gingen um die Ecke und kippten noch einen.

Dann schlug ich vor, zu mir nach Hause zu gehen. Ein bißchen was zu essen. Ich meine, unterwegs was mitzunehmen zum Kochen, Backen, Braten.

Von Vicki sagte ich ihr natürlich nichts. Vicki bildete sich unheimlich was ein auf ihre gottverdammten Brathähnchen. Vielleicht, weil sie selber wie eins aussah. Ein Brathähnchen mit Pferdezähnen.

Also ich schlug vor, daß wir uns ein Hähnchen besorgen, es in Whisky baden und dann braten. Sie hatte nichts dagegen.

Also. Schnapsladen. Kleine Flasche Whisky. 5 oder 6 große Flaschen Bier.

Wir fanden einen durchgehend geöffneten Supermarkt. Der Laden hatte sogar einen Metzger.

„Wir wollen ein Hähnchen braten", sagte ich.

„Ach herrjeh", sagte er.

Ich ließ eine von den Bierflaschen fallen. Es gab eine richtige Explosion.

„Herrjeh", sagte er.

Ich ließ noch eine fallen, um zu sehen, was er dazu sagt.

„Ach du meine Güte", sagte er.

„Ich will DREI Brathähnchen", sagte ich.

„DREI BRATHÄHNCHEN? "

„Du meine Güte, ja", sagte ich.

Der Metzger langte rein und griff sich drei sehr gelblichweiße Hähnchen mit etlichen langen schwarzen unausgerupften Haaren, die wie Menschenhaare aussahen, und er wickelte sie in dickes rosarotes Papier, ein einziges großes Bündel, und zurrte ein paar lange Klebestreifen drum herum. Ich zahlte und wir gingen da raus.

Auf dem Weg zum Ausgang ließ ich nochmal 2 Bierflaschen fallen.

Wir fuhren mit dem Fahrstuhl hoch und ich spürte, wie mir der Saft in die Knochen stieg. Als wir durch meine Tür waren, hob ich Margy's Kleid hoch, um nachzusehen, was ihre

Strümpfe oben hielt. Dann steckte ich ihr ganz kumpelhaft meinen rechten Mittelfinger unter den Schlüpfer und kitzelte sie mal so richtig. Sie kreischte und ließ das Bündel fallen. Es fiel auf den Teppich, und die drei Hähnchen kamen raus. Diese 3 Brathähnchen, gelblich-weiß, mit ihren 29 oder 30 schmierigen abstehenden umgeknickten gemordeten Menschenhaaren sahen sehr merkwürdig aus, wie sie da ihre klaffenden Löcher zeigten auf meinem abgelatschten Teppich mit seinen gelben und braunen Blumen und Bäumen und chinesischen Drachen unter einer elektrischen Lampe in Los Angeles am Ende der Welt in der Nähe von 6th Street und Union.

„Oooh, die Hähnchen."

„Scheiß auf die Hähnchen."

Ihr Strumpfgürtel war dreckig. Genau richtig. Ich kitzelte sie nochmal.

Well, shit, also ich setzte mich hin und pellte die Whiskyflasche aus dem Papier, goß zwei große Wassergläser voll, zog mir Schuhe Socken Hose und Hemd aus, nahm mir eine von ihren Zigaretten, hockte in Unterhosen da. Das mach ich immer als erstes. Ich habs gern bequem. Wenns dem Flittchen nicht paßt, leck mich, dann kann sie ja gehn. Aber sie bleiben immer da. Ich hab so ne Art an mir. Manche Weiber sagen, ich hätte ein König sein müssen. Andere sagen was anderes. Scheiß drauf.

Sie trank ihr Glas bis auf einen kleinen Rest und griff nach ihrer Handtasche. „Ich hab zwei Kinder in Ohio. Sind süße Kinder . . ."

„Vergiß es. Das hatten wir schon. Sag mal, tust du Schwanz lutschen? "

„Was meinst du damit? "

„OH KACKE!" Ich schmiß mein Glas an die Wand.

Ich holte mir ein neues, goß es voll, und wir tranken weiter.

Ich weiß nicht mehr, wie lange der Whisky hielt, aber er muß mich in Fahrt gebracht haben, jedenfalls weiß ich nur noch, daß ich plötzlich nackt auf dem Bett lag und zur Dekkenlampe hinaufstarrte, und Margy stand nackt daneben und rubbelte mir den Penis mit ihrem Fuchsschwanz. Und während sie rubbelte, sagte sie in einer Tour: „Ich werd dich ficken, ich werd dich ficken . . ."

„Hör zu", sagte ich, „ich weiß nicht, ob du mich ficken kannst. Ich hab nämlich heute abend schon im Fahrstuhl onaniert. Ungefähr um acht, glaube ich."

„Ich fick dich trotzdem."

Sie machte wirklich einen drauf mit ihrem Fuchspelz. Tat ganz gut. Vielleicht konnte ich mir selber so einen besorgen. Ich kannte mal einen Typ, der tat sich rohe Leber in ein Longdrink-Glas, und das hat er dann gepimpert. Also ich, ich würde mein Ding nicht in etwas reinstecken, was brechen oder splittern kann. Stell dir mal vor, du erscheinst mit einem blutenden Schwanz beim Arzt und sagst: Das ist passiert, als ich 'n Wasserglas gepimpert hab. Einmal, als ich mich in einer Kleinstadt in Texas rumdrückte, sah ich diese herrlich gebaute Fickliese; sie war verheiratet mit so nem kleinen verhutzelten alten Gnom, der ein mieses Temperament hatte und an einer Krankheit litt, die ihn ganz tattrig machte. Sie sorgte für ihn und schob ihn in einem Rollstuhl durch die Gegend, und ich mußte immer dran denken, wie er all das saftige Fleisch rammelte. Ich sah es richtig vor mir, verstehst du. Und dann erfuhr ich auch die Story: Als junges Ding hatte sich sich ne Cola-Flasche in die Möse gesteckt, das Ding ging nicht mehr raus, und sie mußte damit zum Arzt. Der kriegte die Flasche raus, aber die Geschichte kam auch irgendwie raus. Danach war sie in der Stadt erledigt, aber sie war nicht schlau genug, abzuhauen. Keiner wollte sie haben. Nur der miese alte Zitterrochen. Dem wars scheißegal – er bekam das beste Stück Arsch in der ganzen Stadt.

Wo war ich stehengeblieben? Ah ja: also sie kam richtig in Fahrt mit ihrem Fuchsschwanz, und ich hatte gerade was

Schönes stehen, da hörte ich, wie sich ein Schlüssel in der Wohnungstür drehte. Oh shit, wahrscheinlich war es Vicki!

Naja, ganz einfach, dachte ich. Ich schmeiß sie einfach raus und bring meine Nummer.

Die Tür ging auf, und da stand Vicki, und hinter ihr standen zwei Bullen.

„SCHAFFT MIR DIESES WEIBSTÜCK AUS MEINER WOHNUNG!", keifte sie.

BULLEN! Ich konnte es nicht fassen. Ich zog mir das Leintuch über mein zitterndes pulsierendes und riesiges Geschlechtsorgan und tat so, als schliefe ich. Es sah aus als hätte ich eine Salatgurke unter der Decke.

Margy brüllte zurück. „Ich kenn dich, Vicky, das is ja garnicht deine gottverdammte Wohnung! Der Typ da hat sie sich VERDIENT! Er leckt dir die Härchen an deinem Arsch! Er macht dirs mit seiner langen Sandpapierzunge, bis du Morsezeichen zum Himmel jodelst! Und du bist nix als ne HURE, ne echte shitfressende Zwei-Dollar-Hure. Und DAS ist schon seit Franky D. aus der Mode, und DAMALS warst du schon ACHTUNDVIERZIG!"

Bei diesen Worten machte meine Salatgurke schlapp. Diese beiden Flittchen mußten 80 Jahre alt sein! Jede von ihnen. Zusammen wären sie alt genug, um Abe Lincoln noch einen zu blasen. Sowas in der Art. General Robert E. Lee. Patrick Henry. Mozart. Dr. Samuel Johnson. Robespierre. Napoleon. Macchiavelli? Der Wein konserviert. Gott überdauert alles. Die Nutten blasen in alle Ewigkeit.

Und Vicky brüllte zurück. „WER IS HIER NE HURE? WER IS NE HURE, HM? DU BIST HIER DIE HURE! DU VERKLOPPST DEIN VERGRÄTZTES LOCH SEIT 30 JAHREN DIE GANZE ALVARADO STREET RAUF UND RUNTER! NE BLINDE RATTE WÜRDE VIERMAL 'N RÜCKZIEHER MACHEN, EH SIE IN SOWAS REINKRIECHT! DU HASTS GERADE NÖTIG! WO DU VON

GLÜCK SAGEN KANNST, WENN DU'S FERTIGBRINGST, DASS NEM TYP EINER ABGEHT! UND *DAS* IS SCHON AUS DER MODE, SEIT KONFUZIUS SEINE MUTTER GEFICKT HAT!"

„WAS? ! DU BILLIGE FOTZE! DU HAST SCHON MEHR BLAUE EIER VERTEILT ALS MAN AN NEM SILBERNEN CHRISTBAUM IN DISNEYLAND UNTERBRINGEN KANN! ALSO WIRKLICH, DU . . ."

„Augenblick mal, Ladies", sagte der eine Bulle. „Ich muß doch sehr bitten, diese Ausdrücke zu unterlassen und die Lautstärke zu reduzieren. Unser demokratischer Gedanke basiert schließlich auf Verständigung und Freundlichkeit. Oh, ich LIEBE es einfach, wie Bobby Kennedy seinen dicken kerligen lockigen Haarschopf so auf die eine Seite kämmt auf seinem süßen Kopf, Sie nicht auch? "

„Na, du miese Schwuchtel", sagte Margy, „hast du deshalb so enge Hosen an, damit dein süßer Arsch besser rauskommt? Mein Gott, er sieht WIRKLICH lecker aus! Ich glaub, ich hätte selber Lust, dich mal zu stoßen. Ich seh euch Scheißer immer auf dem Freeway, wenn ihr euch in die Wagenfenster reinlehnt und Strafzettel austeilt, und da juckts mich jedesmal, euch in eure strammen kleinen Ärsche zu kneifen."

Der Bulle kriegte plötzlich ein irres Glitzern in seine toten Augen. Er machte seinen Knüppel ab und patschte Margy damit hinters Ohr. Sie fiel auf den Boden.

Dann legte er ihr die Handschellen an. Ich hörte dieses Klicken, und die Scheißkerle machten die Dinger IMMER zu eng. Aber wenn man sie erst mal anhatte, war es beinahe ein gutes Gefühl – irgendwie STARK und bedient, und man fühlte sich wie Jesus oder sonstwas Dramatisches.

Ich hatte die Augen zu, konnte also nicht sehen, ob sie ihr einen Bademantel oder sowas anzogen.

Dann sagte der Bulle, der ihr die Handschellen verpaßt hatte, zum anderen Bullen: „Ich schaff sie mit dem Fahrstuhl runter. Wir nehmen den Fahrstuhl."

Ich konnte nicht alles hören, aber ich horchte, als sie runter fuhren, und ich hörte Margy kreischen: ,,Oooooh, ooooooh, du Drecksack! Laß mich los, laß mich los!"

Und er sagte immer wieder: ,,Halts Maul, halts Maul, halts Maul! Du kriegst nur, was du verdient hast! Und du hast noch *garnichts* gesehn! Das . . . ist erst der . . . ANFANG!"

Und dann kreischte sie richtig los.

Dann kam der andere Bulle zu mir rüber. Ich machte das eine Auge einen Spalt auf und sah wie er seinen großen schwarzen polierten Schuh auf die Matratze stellte, auf das Bettlaken.

Er sah auf mich runter.

,,Ist der Kerl hier schwul? Sieht mir weiß Gott wie 'n Schwuler aus."

,,Ich glaub nicht, daß er einer ist. Könnte natürlich sein. 'n Weib kann er allerdings vögeln, das is alles dran."

,,Soll ich ihn einbuchten? ", fragte er Vicki.

Ich hatte die Augen zu. Ihre Antwort ließ auf sich warten. Mein Gott, dauerte das lange. Dieser große Fuß da auf meinem Bettlaken. Die Glühbirne schien auf mich herunter.

Dann sagte sie was. Endlich. ,,Nee, er ist . . . in Ordnung. Laß ihn hier."

Der Bulle nahm seinen Fuß runter. Ich hörte wie er durchs Zimmer ging und an der Tür anhielt. Er sagte zu Vicki: ,,Für deine Protektion werd ich dir nächsten Monat 5 Dollar mehr berechnen müssen. Es wird langsam ein bißchen schwierig, auf dich aufzupassen."

Dann war er weg. Ich meine, er war draußen im Flur. Ich wartete, bis er in den Fahrstuhl stieg. Ich hörte wie er runterfuhr in die erste Etage. Ich zählte bis 64. Dann SPRANG ICH MIT EINEM SATZ AUS DEM BETT.

Meine Nasenflügel bebten wie bei einem brünstigen Gregory Peck.

„DU LINKE FOTZE! WENN DU SOWAS NOCHMAL MACHST, BRING ICH DICH UM!"

„NEIN, NEIN, NEIN!!!"

Ich hob die Hand, um ihr in alter Frische eine zu donnern.

„ICH HAB IHM GESAGT, ER SOLL DICH NICHT HOPPS NEHMEN!", kreischte sie mich an.

„Hmm. Stimmt. Das muß man berücksichtigen."

Ich ließ die Hand wieder sinken.

Es war noch etwas Whisky übrig, auch noch ein bißchen Wein. Ich stand auf und machte die Kette an die Tür.

Wir machten das Licht aus und saßen da und tranken und rauchten und unterhielten uns über dies und jenes, ganz easy und gemütlich. Dann, wie in alten Zeiten, sahen wir wieder dem roten Pferd zu, das in rotem Neon über eine Hauswand flog und flog, downtown, Richtung Osten. Es flog und flog über diese Hauswand, die ganze Nacht, egal was passierte. So ein rotes Pferd, versteht ihr, mit roten Flügeln aus Neon. Ein geflügeltes Pferd, sozusagen. Und wie immer zählten wir mit: eins, zwei, drei, vier, fünf, sechs, sieben. Es machte sieben Flügelschläge. Dann stand es wieder still. Pferd und alles. Und dann fing es wieder an. Die ganze Wohnung war in diesen roten Schimmer getaucht. Dann, wenn das Pferd aufhörte zu fliegen, wurde alles einen Augenblick lang weiß. Keine Ahnung, wieso. Wahrscheinlich ne Neonreklame unter dem roten geflügelten Pferd. Kaufen Sie dies oder kaufen Sie das, irgend ein Produkt. In diesem grellen WEISS. Naja.

Wir saßen da und redeten und tranken und rauchten.

Später gingen wir zusammen ins Bett. Ihre Küsse waren ganz gut. Sie hatte sowas Trauriges auf der Zunge, als wolle sie um Verzeihung bitten.

Dann fickten wir. Wir fickten unter den Flügelschlägen des roten Pferdes.

Siebenmal flappten die Flügel. Und mitten auf dem Teppich lagen nach wie vor die drei Brathähnchen. Und sahen uns zu.

Sie färbten sich rot, sie färbten sich weiß, sie färbten sich rot. Siebenmal wurden sie rot. Dann wieder weiß. 14 Mal wurden sie rot. Und wieder weiß. 21 Mal wurden sie rot. Dann wieder weiß. 28 Mal . . .

Der Abend war besser ausgegangen als die meisten.

Love it or leave it

Ich latschte in der Sonne vor mich hin und fragte mich, was ich machen sollte. Ich latschte und latschte. Es schien so, als bewegte ich mich am äußersten Rand von irgendwas. Ich schaute auf, und da waren Eisenbahngleise, und neben den Eisenbahngleisen stand ein kleiner Schuppen aus rohen Brettern. Draußen hing ein Schild:

ARBEITSKRÄFTE GESUCHT.

Ich ging rein. Ein kleiner alter Mensch mit blaugrünen Hosenträgern saß da und kaute Tabak.

„Yeah? ", fragte er.

„Ich äh, ich äh, ich . . ."

„Yeh, komm schon, Mann, spuck es aus! Was willst du? "

„Ich hab . . . euer Schild gesehn . . . Arbeitskräfte gesucht."

„Willst du anheuern? "

„Anheuern? Als was? "

„Na, shit, vermutlich nicht als Bauchtänzerin!"

Er beugte sich rüber und spuckte in seinen verdreckten

Spucknapf, dann bearbeitete er wieder seine Kautabakrolle, seine Backen wurden förmlich reingesaugt in seinen zahnlosen Mund.

„Was hab ich zu tun?", fragte ich.

„Man wird dir *sagen,* was du zu tun hast!"

„Ich meine, was für ne Arbeit?"

„Gleisreparatur, irgendwo westlich von Sacramento."

„Sacramento?"

„Verdammt, hast du Dreck auf den Ohren? Komm schon, ich hab zu tun. Unterschreibst du jetzt oder nicht?"

„Ich unterschreibe, ich unterschreibe . . ."

Ich trug mich in die Liste ein, die er daliegen hatte. Ich war Nummer 27. Ich trug mich sogar mit meinem richtigen Namen ein.

Er gab mir ein Ticket. „Du meldest dich mit deinem Kram auf Bahnsteig 21. Wir ham einen Sonderzug für euch Jungs."

Ich steckte das Ticket in meine leere Brieftasche.

Er spuckte wieder aus. „So. Also paß auf, Kid. Ich seh schon, daß du 'n leichten Schatten hast. Unsere Gesellschaft beschäftigt ne Menge Jungs wie dich. Wir helfen der Menschheit. Wir sind nette Menschen. Denk immer an die gute alte ––––– Eisenbahngesellschaft und laß da und dort 'n gutes Wort über uns fallen. Und wenn du draußen auf den Gleisen stehst, dann hör auf den Vorarbeiter. Er ist auf deiner Seite. Du kannst Geld sparen, draußen in der Wüste. Weiß Gott, da gibts keine Gelegenheit, wo man's ausgeben könnte. Aber Samstag abends, Kid, Samstag abends . . ."

Wieder die Drehung zum Spucknapf und zurück.

„Na, Mensch, Samstag abends gehst du in die Stadt, säufst dir einen an, läßt dir von so ner scharfen mexikanischen Senorita 'n Blowjob verpassen und kommst in bester Laune wieder zur Arbeit zurück. Nix besseres als 'n Blowjob. Saugt nem Mann das Elend richtig ausm Kopf. Ich hab selber bei ner Reparaturkolonne angefangen. Jetzt sitz ich hier. Alles Gute,

Kid."

„Danke, Sir."

„Und jetzt raus hier! Ich hab zu tun! . . ."

Ich war zur befohlenen Zeit am Bahnsteig 21. Neben meinem Zug standen all diese zerlumpten Kerle rum, stanken, lachten und rauchten Selbstgedrehte. Ich ging hin und stellte mich hinten an. Sie hatten alle einen Haarschnitt und eine Rasur nötig, und sie gaben sich stark und waren gleichzeitig nervös.

Ein Mexikaner mit einer Messernarbe im Gesicht sagte uns schließlich, wir sollten einsteigen. Wir stiegen ein. Durch die Fenster konnte man nichts sehen.

Ich nahm den letzten Sitz am hinteren Ende unseres Waggons. Die anderen setzten sich alle vorne hin, lachten und quatschten. Einer zog ne kleine Whiskyflasche raus, und für 7 oder 8 von den Jungs gabs einen kurzen Schluck.

Dann fingen sie an, zu mir nach hinten zu sehen. Ich begann Stimmen zu hören, und durchaus nicht in meinem Kopf:

„Was ist los mit diesem Kaffer? "

„Glaubt der vielleicht, er ist was Besseres als wir? "

„Schließlich hat er mit uns zu arbeiten, Mann."

„Für was hält der sich eigentlich? "

Ich sah aus dem Fenster, versuchte es jedenfalls – das Ding war seit 25 Jahren nicht mehr geputzt worden. Der Zug fuhr an, und da war ich nun mit ihnen. Es waren ungefähr dreißig. Sie machten nicht lange rum. Ich streckte mich auf meinem Sitz aus und versuchte zu schlafen.

„SWOOSH!"

Eine Staubwolke blies mir ins Gesicht und in die Augen. Ich hörte jemand unter meinem Sitz. Dann blies es nochmal, und ein Schwall von 25 Jahre altem Staub stieg mir in die Nase, den Mund, die Augen. Ich wartete. Dann passierte es nochmal. Ein richtiger Tornado. Wer immer da unten saß –

er brachte es verdammt gut.

Ich sprang auf. Ich hörte ein Geräusch unter meinem Sitz, und dann war er auch schon darunter vor und drückte sich vorne zwischen die anderen rein, warf sich in einen Sitz, tauchte unter. Aber ich hörte seine Stimme:

„Wenn er herkommt, müßt ihr mir aber helfen, Jungs! Versprecht mir, daß ihr mir helft, wenn er herkommt!"

Ich hörte keine Versprechungen, aber er war in Sicherheit: ich konnte die Typen nicht voneinander unterscheiden . . .

Kurz bevor wir aus Louisiana rauskamen, mußte ich nach vorne, um mir einen Becher Wasser zu holen. Sie beobachteten mich.

„Sieh ihn dir an. Sieh ihn dir an."

„Was 'n häßlicher Knochen."

„Für was hält der sich eigentlich? "

„Leck mich am Arsch, den knöpfen wir uns vor, wenn wir da draußen auf den Gleisen sind, den bringen wir zum Winseln, der muß uns den Schwanz lutschen!"

„Sieh dir das an! Er hat seinen Pappbecher *verkehrt rum!* Er trinkt aus dem *falschen* Ende! Sieh dir das an! Er trinkt aus dem *kleinen* Ende! Der Kerl hat 'n *Stich!"*

„Wart's nur ab, den kriegen wir dran, der muß uns den Schwanz lutschen!"

Ich trank den Pappbecher leer, füllte nach und leerte ihn nochmal, verkehrt rum. Ich warf den Becher in den Abfallkasten und ging wieder nach hinten. Ich hörte sie hinter mir:

„Yeah, er benimmt sich komisch. Vielleicht hat er Krach gehabt mit seiner Freundin."

„Wie kommt so einer zu nem Girl? "

„Was weiß ich. Hab schon verrücktere Sachen erlebt . . ."

In Texas kam der mexikanische Vorarbeiter mit den Konserven an. Er teilte die Dosen aus. Einige davon hatten keine Banderolen mehr und waren schwer verbeult.

Er kam zu mir nach hinten.

„Bist du Bukowski? "

„Ja."

Er gab mir eine Dose *Spam* und schrieb „75" in die Spalte „V". Ich sah, daß ich in Spalte „F" mit 45.90 Dollar in der Kreide stand. Dann gab er mir eine kleine Dose Bohnen. „45" schrieb er jetzt in die Spalte „V".

Er ging wieder nach vorn.

„Hey! Wo is'n hier ein Dosenöffner, verdammt, wie soll man das Zeug fressen ohne 'n Dosenöffner? !", fragte ihn einer.

Der Vorarbeiter schwang sich durchs Vestibül und war verschwunden.

Die Lok nahm in Texas ein paarmal Wasser auf, in kleinen grünen Oasen. Bei jedem Aufenthalt setzten sich 2 oder 3 oder 4 von den Jungs ab. Als wir nach El Paso kamen, waren von 31 noch 23 übrig.

In El Paso hängten sie unseren Waggon ab, und der Zug fuhr weiter. Der mexikanische Vorarbeiter kam durch und sagte: „In El Paso wird übernachtet. Das hier is euer Hotel."

Er verteilte Tickets. „Das sind eure Tickets fürs Hotel. Da werdet ihr pennen. Morgen früh nehmt ihr die Nummer 24 nach Los Angeles, und von da gehts weiter nach Sacramento. Das hier sind eure Hotel Tickets."

Er kam wieder zu mir nach hinten.

„Bist du Bukowski? "

„Ja."

„Hier is dein Hotel."

Er gab mir das Ticket und schrieb „12.50" in meine Spalte „U".

Keiner hatte es geschafft, seine Konservendose aufzukriegen. Die wurden dann später eingesammelt und der nächsten Fuhre angedreht.

Ich warf mein Ticket weg und schlief zwei Blocks vom Hotel entfernt in einem Park. Ich wurde von brüllenden Alligatoren aufgeweckt. Einer brüllte besonders laut. Ich sah 4 oder 5 Alligatoren im Teich. Vielleicht waren noch mehr da. Und dann waren da noch zwei Matrosen in ihrer weißen Kluft. Der eine stand im Teich, besoffen, und zog einen Alligator am Schwanz. Der Alligator war wütend, aber er war zu langsam und konnte seinen Schädel nicht weit genug herumdrehen, um den Matrosen zu erwischen. Der andere Matrose stand mit einem jungen Girl am Ufer und lachte. Dann, während sich der Matrose im Teich wieder mit seinem Alligator balgte, gingen der andere Matrose und das Girl weg. Ich drehte mich um und schlief.

Bei den Wasser-Stops unterwegs nach Los Angeles setzten sich noch mehr Jungs ab. Als wir Los Angeles erreichten, waren von den 31 nur noch 16 übrig.

Der mexikanische Vorarbeiter kam wieder durch den Zug.

„Wir ham in Los Angeles zwei Tage Aufenthalt. Ihr nehmt Mittwoch früh den 9.30 Uhr Zug, Bahnsteig 21, Wagen 42. Steht alles auf dem Umschlag, in dem eure Hotel Tickets sind. Außerdem kriegt ihr Essensmarken, die ihr in French's Cafe in der Main Street einlösen könnt."

Er verteilte zwei Stapel Heftchen. Auf den einen stand UNTERKUNFT, auf den anderen VERPFLEGUNG.

„Bist du Bukowski? ", fragte er.

„Ja", sagte ich.

Er gab mir meine Heftchen. Und schrieb „12.80" in meine Spalte „U" und „6.00" in meine Spalte „V".

Als ich aus der Union Station rauskam und über den Platz ging, überholten mich zwei kleine Kerle, die mit mir im Zug gewesen waren. Sie kamen in einem kleinen Bogen vor mir rum und schwenkten nach rechts ab. Ich sah sie an.

Beide hatten ein breites Grinsen im Gesicht und sagten:

„Hi! Wie läufts denn so? "

„Kann nicht klagen."

Die beiden legten einen Zahn zu und rannten in Richtung Main Street . . .

Im Cafe setzten die Jungs ihre Essensmarken in Bier um. Ich setzte meine auch in Bier um. Das Glas Bier kostete nur zehn Cents. Die meisten hatten ziemlich schnell einen sitzen. Ich stand am unteren Ende der Bar. Sie redeten jetzt nicht mehr über mich.

Ich vertrank meine ganzen Marken, und dann verkaufte ich einem Penner meine Übernachtungsgutscheine für 50 Cents. Ich trank noch 5 Biere und ging raus.

Ich latschte drauflos. Nach Norden. Dann nach Osten. Dann wieder nach Norden. Dann kam ich zu den Autofriedhöfen, wo sich all die kaputten Autos stapelten. Ein Typ hatte mir mal erzählt: „Ich penne jede Nacht in nem anderen Wagen. Letzte Nacht hab ich in nem Ford gepennt, die Nacht davor in nem Chevrolet. Heute nacht werd ich in nem Cadillac pennen."

Ich fand einen Schrottplatz, der zwar eine Kette am Tor hatte, aber das Tor war verbogen, und ich war dünn genug, um mich durchzuwinden. Ich suchte, bis ich einen Cadillac fand. Das Baujahr konnte man nicht mehr erkennen. Ich legte mich auf den Rücksitz und pennte.

Es muß ungefähr sechs Uhr früh gewesen sein, als ich diesen Jungen brüllen hörte. Er war etwa 15 Jahre alt und hatte einen Baseballschläger in der Hand:

„Komm da raus! Komm aus unserem Wagen raus, dreckiger Penner!"

Der Junge sah verängstigt aus. Er hatte ein weißes T-Shirt und Tennisschuhe an, und vorne fehlte ihm ein Zahn.

Ich kletterte raus.

„Bleib stehn!", schrie er. „Bleib stehn, bleib stehn!" Er hielt mir den Baseballschläger entgegen.

Ich ging langsam auf das Tor zu, das jetzt einen Spalt offenstand.

Ein älterer Kerl, etwa 50, feist und verschlafen, kam jetzt aus einem Verschlag aus Teerpappe.

„Dad!", brüllte der Junge, „der Kerl hier war in einem von unseren Wagen! Ich hab ihn entdeckt, er hat auf dem Rücksitz gepennt!"

„Ist das wahr?"

„Yeah, es ist wahr, Dad! Ich hab ihn gefunden, wie er auf dem Rücksitz gepennt hat, in einem von unseren Wagen!"

„Was ham Sie in unserem Wagen zu suchen, Mister?"

Der alte Kerl war dem Tor näher als ich, aber ich ging trotzdem weiter darauf zu.

„Ich hab gefragt, was Sie in unserem Wagen zu suchen haben."

Ich verdrückte mich weiter in Richtung Ausgang.

Der Alte nahm dem Jungen den Baseballschläger aus der Hand, rannte zu mir her und rammte mir das Ding mit voller Wucht in den Bauch.

„Uuf!", machte ich. „Meine Güte!"

Ich konnte mich nicht mehr aufrichten. Ich stolperte rückwärts. Der Junge bekam Mut, als er das sah.

„Ich gebs ihm, Dad! Ich gebs ihm!"

Der Junge schnappte sich den Baseballschläger und fing an, mich damit zu bearbeiten. Er schlug mich beinahe überall. Auf den Rücken, auf die Seiten, die Beine, die Knie, die Knöchel. Alles was ich tun konnte, war, meinen Kopf abzuschirmen. Ich nahm die Arme hoch und legte sie um meinen Kopf, und er drosch auf meine Arme und Ellbogen. Ich stolperte gegen den Drahtzaun.

„Ich gebs ihm, Dad! Ich gebs ihm!"

Der Junge hörte nicht mehr auf. Hin und wieder kam er mit seinem Schläger bis zu meinem Kopf durch.

Schließlich sagte der Alte: „OK, das reicht, Sohn."

Der Junge drosch weiter.

„Sohn, ich hab gesagt, das reicht."

Ich drehte mich um und hielt mich am Maschendraht fest. Einen Augenblick lang war ich unfähig, mich zu rühren. Dann ließ ich los und konnte immerhin stehen. Sie beobachteten mich. Ich humpelte auf den Ausgang zu.

„Laß mich nochmal, Dad!"

„Nein, Sohn."

Ich schaffte es durchs Tor und ging Richtung Norden. Während ich ging, wurde alles in mir steif. Alles fing an zu schwellen. Meine Schritte wurden kürzer. Ich wußte, weit würde ich nicht mehr kommen. Ein Schrottplatz nach dem anderen. Zwischen zweien von ihnen sah ich endlich ein Stück offenes Gelände. Ich ging hin, und prompt trat ich in ein Loch und verstauchte mir den Knöchel. Ich lachte. Der Boden war abschüssig. Dann fiel ich über einen Ast, der nicht nachgeben wollte. Als ich wieder hochkam, hatte ich mir die rechte Handfläche an einer grünen Glasscherbe aufgerissen. Weinflasche. Ich zog die Glasscherbe raus. Blut quoll durch den Dreck. Ich wischte den Dreck ab und saugte die Wunde aus. Als ich das nächste Mal umfiel, wälzte ich mich auf den Rücken, brüllte vor Schmerz auf, und dann sah ich in den Morgenhimmel rauf. Ich war zurück in meiner Heimatstadt. Los Angeles. Kleine Mücken tanzten vor meinem Gesicht herum. Ich machte die Augen zu.

Die Goldgräber von Los Angeles

Harry und Duke. Die Flasche saß zwischen ihnen in einem billigen Hotel in downtown Los Angeles. Es war Samstagabend in einer der grausamsten Städte der Welt. Harry's Gesicht war ziemlich rund und dämlich, als Nase hatte er nur eine winzige Beule, und seine Augen konnte man hassen; in der Tat, man haßte den ganzen Kerl, sobald man ihn nur ansah; deshalb sah man gar nicht erst hin. Duke war ein bißchen jünger, ein guter Zuhörer, er hatte gerade so einen leichten Hauch von einem Lächeln im Gesicht, wenn er zuhörte. Er hörte gerne zu; Menschen waren für ihn die größte Schau, und der Eintritt war frei. Harry war arbeitslos, und Duke war irgendwo Hausmeister. Beide hatten Knast hinter sich und würden auch wieder im Knast landen. Sie wußten es. Es war ihnen egal.

Das obere Drittel der Whiskyflasche enthielt nur noch Luft, und auf dem Fußboden lagen leere Bierdosen herum. Sie saßen da und drehten sich Zigaretten mit der unerschütterlichen Gelassenheit von Männern, die mit 35 bereits ein unmöglich hartes Leben hinter sich hatten und dennoch weiterlebten. Sie wußten, es war alles ein Eimer voll Scheiße, aber sie weigerten sich, das Handtuch zu werfen.

„Sieh mal", sagte Harry und zog an seiner Zigarette, „ich hab mich für dich entschieden, Mann. Dir kann ich trauen. Du wirst nicht die Nerven verlieren. Deine Karre wirds auch schaffen, denke ich. Wir machen halbe-halbe."

„Laß hören", sagte Duke.

„Du wirst es nicht glauben."

„Na sag schon."

„Well, es gibt Gold da draußen. Liegt auf dem Boden rum. Echtes Gold. Brauchst bloß rauslatschen und es aufheben. Ich weiß, es klingt verrückt, aber es ist da. Ich habs gesehen."

„Was ist der Haken dabei? "

„Naja, es liegt auf nem Schießplatz von der Artillerie. Sie ballern den ganzen Tag, manchmal auch bei Nacht, das ist der Haken. Man braucht Mut. Aber das Gold ist da. Ist vielleicht durch die Granateinschläge rausgekommen, was weiß ich. Aber in der Regel wird nachts nicht geschossen."

„Dann gehn wir bei Nacht raus."

„Eben. Und sammeln das Zeug einfach auf. Wir werden reich sein. Und uns soviel Mösen leisten können, wie wir wollen. Stell dir das mal vor – jede Menge Mösen."

„Klingt gut."

„Falls sie mit dem Ballern wieder anfangen, hechten wir einfach ins nächste Granatloch. Sie treffen nie zweimal ins gleiche Loch. Wenn sie mal ein Ziel getroffen haben, sind sie zufrieden. Wenn nicht, dann setzen sie den nächsten Schuß woanders hin."

„Das klingt logisch."

Harry goß Whisky nach. „Aber es gibt noch einen Haken."

„Yeah? "

„Da draußen gibts Schlangen. Deshalb müssen wir zu zweit

sein. Ich weiß, du kannst gut mit ner Knarre umgehen. Während ich das Gold einsammle, behältst du die Schlangen im Auge und knallst sie ab. Klapperschlangen. Ich denke, du bist der richtige Mann dafür."

„Hm, warum nicht. Scheiß drauf."

Sie saßen da, rauchten und tranken, dachten darüber nach.

„All das Gold", sagte Harry, „all die Mösen."

„Weißt du", sagte Duke, „könnte sein, daß sie mit ihren Granaten ne alte Schatzkiste getroffen haben."

„Was es auch ist, jedenfalls ist Gold da draußen."

Sie schwiegen und dachten wieder nach.

„Woher willst du wissen", fragte Duke, „daß ich dich nicht umlege, wenn du mit dem Einsammeln fertig bist? "

„Well, das Risiko muß ich einfach in Kauf nehmen."

„Traust du mir nicht? "

„Ich traue keinem."

Duke machte eine Bierdose auf und schenkte die Gläser voll.

„Shit, ist wohl nicht nötig, daß ich Montag zur Arbeit gehe, was? "

„Jetzt nicht mehr."

„Ich komm mir schon richtig reich vor."

„Ich irgendwie auch."

„Man braucht einfach irgend einen Break", sagte Duke, „dann wird man als Gentleman behandelt."

„Yeah."

„Wo ist denn die Stelle? ", fragte Duke.

„Das wirst du sehen, wenn wir dort sind."

„Und wir machen halbe-halbe? "

„Wir machen halbe-halbe."

„Du hast keine Angst, daß ich dich umlege? "

„Wieso fängst du immer wieder davon an, Duke? Vielleicht leg ich *dich* um."

„Jessas, daran hab ich nie gedacht. Du legst doch keinen

Kumpel um, oder? "
„Sind wir Freunde? "
„Na, ja, würd ich doch sagen, Harry."
„Es wird genug Gold und Möse für uns beide geben. Bis an unser Lebensende. Keine Bewährungshelfer mehr. Keine Jobs als Tellerwäscher. Die Nutten von Beverly Hills werden uns die Tür einrennen. Wir haben ausgesorgt."
„Meinst du wirklich, wir kriegen das hin? "
„Klar."
„Und es ist wirklich Gold da draußen? "
„Na klar, Mann, ich hab dirs doch gesagt."
„OK."
Sie tranken und rauchten wieder eine Weile. Sie redeten nichts mehr. Sie dachten beide an die Zukunft. Es war eine schwüle Nacht. Manche Hotelbewohner hatten ihre Türen offen. Die meisten hatten eine Flasche Wein. Ein paar hatten sogar Frauen; nicht gerade Damen, aber sie konnten einigen Wein vertragen.
„Besser, wir besorgen uns noch ne Flasche", sagte Duke, „bevor sie schließen."
„Ich hab kein Geld."
„Ich mach das schon."
„OK."
Sie standen auf und verließen das Zimmer. Sie gingen den Korridor runter und nach hinten raus. Zum Spirituosenladen gings die Gasse lang und dann links ab. Vor dem Hinterausgang lag ein Mann. Sein Anzug war zerknittert und hatte Flecken.
„Hey, das ist mein alter Kumpel Franky Cannon. Hat sich heute nacht ja schwer einen angesoffen. Schätze, ich werd ihn mal von der Tür wegziehen."
Harry packte ihn an den Beinen und zog ihn zur Seite. Dann beugte er sich über ihn.
„Ob den schon einer gefilzt hat? "

„Keine Ahnung", sagte Duke. „Sieh mal nach."

Duke stülpte Franky sämtliche Taschen um. Checkte das Hemd. Machte ihm die Hose auf, tastete ihn um die Hüften herum ab. Alles was er fand war eine Streichholzschachtel, auf der stand:

LERNEN SIE ZEICHNEN
BEI SICH ZUHAUSE
Gutbezahlte Jobs warten
zu Tausenden auf Sie

„Schätze, es war schon einer vor uns da", sagte Harry.

Sie gingen die Stufen runter in die Gasse.

„Bist du sicher, daß das Gold da ist? ", fragte Duke.

„Hör mal", sagte Harry, „du gehst mir auf den Wecker! Glaubst du vielleicht, ich spinne? "

„Nee."

„Also, dann hör auf mit der Fragerei!"

Sie gingen in den Spirituosenladen. Duke verlangte eine Flasche Whisky und eine Sechserpackung Malzbier, große Dosen. Harry klaute eine Schachtel Nüsse, gemischt. Duke bezahlte seinen Kram, und sie gingen raus. Als sie in die Gasse einbogen, lief ihnen eine junge Frau über den Weg; naja, jung für diese Gegend. Sie war ungefähr 30, hatte eine gute Figur, aber ihr Haar war zerzaust und sie lallte ein bißchen.

„Was habt ihr denn in der Tüte, Jungs? "

„Katzenfutter", sagte Duke.

Sie machte sich an Duke ran und rieb sich an der Einkaufstüte.

„Ich trink keinen Wein. Habt ihr Whisky da drin? "

„Klar, Baby, komm mit rauf."

„Erst mal die Flasche sehn."

Duke fand, daß sie gut aussah. Sie war schlank, und ihr Kleid saß so eng, daß es überall spannte. Besonders am Arsch, verdammt. Er zog die Flasche raus.

„OK", sagte sie, „auf gehts."

Sie gingen die Gasse rauf, das Girl zwischen sich. Beim Gehen streifte sie Harry mit dem Hintern. Harry packte sie und knutschte sie ab. Sie riß sich los.

„Geile Sau!", schrie sie. „Laß mich in Ruh!"

„Harry, du ruinierst die ganze Stimmung!", sagte Duke. „Mach das nochmal und ich schlag dich k.o.!"

„Du kannst mich nicht k.o. schlagen."

„Mach das bloß nicht nochmal!"

Sie gingen die Gasse rauf und die Stufen hoch. Das Girl sah Franky Cannon neben der Tür liegen, aber sie sagte nichts. Sie gingen hinauf ins Zimmer. Das Girl setzte sich hin und schlug die Beine übereinander. Sie hatte hübsche Beine.

„Ich heiße Ginny", sagte sie.

Duke schenkte die Drinks ein.

„Ich bin Duke. Das is Harry."

Ginny lächelte und nahm ihren Drink.

„Der Scheißtyp, mit dem ich zusammen bin, hat meine Klamotten weggeschlossen und mich gezwungen, nackt rumzulaufen. Ne ganze Woche war ich da drin. Hab gewartet, bis er mal besoffen war, dann hab ich ihm die Schlüssel abgenommen, hab mir dieses Kleid hier geklemmt und bin abgehauen."

„Is'n hübsches Kleid."

„Naja, ganz gut."

„Siehst fabelhaft drin aus."

„Danke. Hey, sagt mal, was macht ihr denn so? "

„Machen? ", fragte Duke.

„Yeah. Ich meine, wie kommt ihr über die Runden? "

„Wir schürfen nach Gold", sagte Harry.

„Oh komm, erzähl bloß keinen Scheiß."

„Doch, ehrlich", sagte Duke, „wir schürfen nach Gold."

„Wir ham ne Ader getroffen. In ner Woche sind wir steinreich", sagte Harry.

Dann mußte Harry aufstehen und pissen gehn. Das Scheißhaus war am hinteren Ende des Korridors. Als Harry draußen war, sagte Ginny: „Ich will dich zuerst ficken, Honey. Auf ihn bin ich nicht so scharf."

„Mir recht", sagte Duke.

Er goß drei neue Drinks ein. Als Harry wieder reinkam, gab er ihm die Reihenfolge bekannt.

„Sie macht mirs zuerst."

„Wer sagt das? "

„Wir beide", sagte Duke.

„Stimmt", sagte Ginny.

„Ich finde, wir sollten sie mitnehmen", sagte Duke.

„Erst mal sehn, wie sie fickt", sagte Harry.

„Ich mach Männer wahnsinnig", sagte Ginny. „Ich bring sie zum Jodeln. Ich hab die engste Fut in ganz Kalifornien!"

„Na schön", sagte Duke, „laß jucken."

„Gib mir erst noch 'n Drink", sagte sie und machte ihr Glas leer.

Duke goß ihr nach. „Ich hab auch was, Baby. Schätze, danach kriegst du das Loch nicht mehr zu."

„Da müßtest du ihr schon deinen Fuß reinstecken", sagte Harry.

Ginny lächelte nur in sich hinein, während sie trank. Sie kippte das Glas vollends runter.

„Los, komm", sagte sie zu Duke, „wir machen einen drauf."

Ginny ging rüber ans Bett und zog sich das Kleid über den Kopf. Sie hatte blaue Schlüpfer an und einen rosaroten verwaschenen BH, der hinten von einer Sicherheitsnadel zusammengehalten wurde. Duke mußte ihr die Sicherheitsnadel aufmachen.

„Guckt der uns dabei zu? ", fragte sie Duke.

„Wenn er will, soll er ruhig", sagte Duke. „Mir scheißegal."

„OK", sagte Ginny.

Sie stiegen zusammen ins Bett. Sie machten ein paar Minuten rum, um warm zu werden. Harry sah zu. Die Bettdecke lag auf dem Boden. Harry sah, wie sie sich unter einem ziemlich dreckigen Bettlaken bewegten.

Dann stieg Duke drüber. Harry sah, wie sich sein Arsch unter dem Bettlaken auf und ab bewegte.

Dann sagte Duke: „Oh shit!"

„Was'n los? ", fragte Ginny.

„Ich bin rausgerutscht! Ich dachte, du hast gesagt, du hättest 'n enges Loch!"

„Ich tu ihn dir rein! Ich glaub, du warst nicht mal drin!"

„Na irgendwo *war* ich aber drin!", sagte Duke.

Dann ging Duke's Arsch wieder rauf und runter. Ich hätte diesem Kaffer nie was von dem Gold erzählen sollen, dachte Harry. Jetzt ham wir diese Zicke am Hals. Womöglich tun sie sich gegen mich zusammen. Natürlich, falls er dabei draufgeht, wird sie vielleicht mehr auf mir stehn.

Dann stöhnte Ginny und fing an zu labern. „Oh, honey, honey! Oh, Jessas, Honey, oh mein Gott!"

Was'n Haufen Bullshit, dachte Harry.

Er stand auf und ging ans Fenster. Die Rückfront des Hotels lag direkt an der Vermont-Ausfahrt vom Hollywood Freeway. Er sah den Scheinwerfern und Rücklichtern der Autos zu. Es erstaunte ihn immer wieder, daß es manche Leute so eilig hatten, in eine Richtung zu kommen, während andere es ebenso eilig hatten, in die entgegengesetzte Richtung zu kommen. Irgend jemand mußte da schief liegen, oder das ganze Spiel war beschissen. Dann hörte er wieder Ginny's Stimme:

„Mir KOMMTS gleich! Oh mein Gott, mir KOMMTS! Oh mein Gott! Mir . . ."

Bullshit, dachte er. Dann drehte er sich um und sah die beiden an. Duke war schwer am Arbeiten. Ginny schien glasige Augen zu haben, sie starrte kerzengerade rauf an die Dekke, direkt in die nackte Glühbirne rein; mit glasigen Augen, so schien es, direkt an Duke's linkem Ohr vorbei . . .

Vielleicht muß ich ihn doch umlegen, da draußen auf dem

Schießplatz, dachte Harry. Besonders wenn sie ne enge Fut hat.

Gold. All das Gold.

Die Große Zen-Hochzeit

Ich hockte auf dem Rücksitz, eingeklemmt zwischen den rumänischen Broten, Leberwürsten, Bier, Softdrinks; ich hatte eine grüne Krawatte um, die erste Krawatte seit dem Tod meines Vaters vor zehn Jahren. Jetzt sollte ich Trauzeuge sein bei einer Zen-Hochzeit. Hollis fuhr 130, und Roy's vier Fuß langer Bart wehte mir ins Gesicht. Es war mein 62er Comet, nur, ich konnte ihn nicht selber fahren – keine Haftpflicht, zwei Verurteilungen wegen Trunkenheit am Steuer, und schon wieder halb besoffen. Hollis und Roy hatten die letzten drei Jahre unverheiratet zusammengelebt, wobei sich Roy von Hollis aushalten ließ. Ich hockte also auf dem Rücksitz und lutschte an meinem Bier. Roy erläuterte mir die Zusammensetzung der Hollis-Familie, in allen Einzelheiten. Roy hatte mehr so den intellektuellen Scheiß drauf. Und die größere Zungenfertigkeit: die Wände ihrer Wohnung waren tapeziert mit Fotos von Typen, die sich mit den Gesichtern in Berge von Schamhaar reinwühlen und lutschen. Es gab auch einen

Schnappschuß von Roy, auf dem zu sehen war, wie er sich gerade ne Portion Saft abwichste. Roy hatte die Aufnahme selber gemacht. Ich meine, die Kamery ausgelöst. Selber. Mit ner Schnur. Oder Kabel. Irgend sowas. Roy behauptete, er hätte sich sechs Mal einen runterwichsen müssen, bis die Aufnahme endlich klappte. Die Arbeit eines ganzen Tages. Und da hing es nun, eine milchige Ejakulation – ein Kunstwerk.

Hollis fuhr vom Freeway runter. Kurz danach waren wir da. Manche von den Reichen haben vor dem Haus eine Auffahrt, die eine ganze Meile lang ist. Die hier war eine Viertelmeile lang. Auch nicht schlecht. Wir stiegen aus. Tropischer Garten. Vier oder fünf Hunde. Große schwarze zottige stupide Biester, denen der Sabber aus dem Maul lief. Wir kamen gar nicht erst zur Tür rein – denn da stand *er,* der Reiche, auf der Veranda, sah zu uns runter, Drink in der Hand. Und Roy brüllte: „Oh, Harvey! Du Bastard! Wie gut, dich zu sehn!"

Harvey lächelte sein kleines Lächeln. „Wie gut, *dich* zu sehn, Roy."

Einer von den großen schwarzen Zotties nagte an meinem linken Bein. „Ruf deinen Hund zurück, Harvey, Bastard, gut dich zu sehn!", brüllte ich.

„Aristoteles! Nun LASS das aber!"

Aristoteles ließ von mir ab, gerade noch rechtzeitig.

Und.

Wir latschten die Treppen rauf und runter und schleppten die Fressalien rein. Salami, Ungarische Katzenfische in saurer Marinade, Krabben. Langustenschwänze. Laugenhörnchen. Taubenärsche mit Pfefferminzgeschmack.

Schließlich hatten wir den ganzen Kram drin. Ich setzte mich und griff mir ein Bier. Ich war der einzige mit ner Krawatte. Ich war auch der einzige, der ein Hochzeitsgeschenk mitgebracht hatte. Ich ließ es zwischen der Wand und meinem von Aristoteles angenagten Bein unauffällig zu Boden gleiten.

„Charles Bukowski . . ."
Ich stand auf.
„Oh, Charles Bukowski!"
„Mhm."
Dann:
„Das ist Marty."
„Hallo, Marty."
„Und das ist Elsie."
„Hallo, Elsie."
„Ist das *wahr"*, fragte sie, „daß Sie Möbel und Fenster zertrümmern, sich die Hände aufschneiden und all solche Sachen, wenn Sie betrunken sind? "
„Mhm."
„Sie sind 'n bißchen alt für sowas."
„Also hör mal, Elsie, komm mir hier nicht mit solchem Scheiß . . .!"
„Und das ist Tina."
„Hallo, Tina."
Namen! Mit meiner ersten Frau war ich zweieinhalb Jahre verheiratet gewesen. Eines Abends kamen ein paar Leute zu Besuch. Die stellte ich meiner Frau damals so vor: „Das is Louie, der Schlappschwanz; und das is Marie, die kaut einen in 10 Sekunden ab; und das is Nick, der bringt jede Nummer nur halb, dann springt er ab." Und dann mußte ich denen meine Frau vorstellen: „Das ist meine Frau . . . das ist meine Frau . . . das ist . . ." Schließlich mußte ich ihr in die Augen sehen und sie fragen: „LECK MICH AM ARSCH, WIE *HEISST* DU EIGENTLICH? "
„Barbara."
„Also das ist Barbara", sagte ich dann . . .

Der Zen-Meister war noch nicht da. Ich saß rum und lutschte an meinem Bier.
Dann kamen *noch* mehr Leute rein. Eine ganze Prozes-

sion, die Treppe rauf. Die ganze Hollis-Familie. Roy schien keine Familie zu haben. Armer Roy. Nie auch nur einen Tag was gearbeitet, in seinem ganzen Leben. Ich holte mir noch ein Bier.

Sie kamen die Treppe rauf. Typen mit Vorstrafenregister, Spieler, Krüppel, Dealer aus diversen zwielichtigen Branchen. Familienmitglieder und Freunde. Zu Dutzenden. Keine Hochzeitsgeschenke. Keine Krawatten.

Ich drückte mich tiefer in meine Ecke rein.

Ein Typ war ziemlich übel zugerichtet. Er brauchte 25 Minuten, um die Treppe raufzukommen. Er ging an Krücken, Sonderanfertigung, sahen sehr stark aus, die Dinger. Runde Metallstützen für die Ellbogen. Spezialgriffe hier und da. Aluminium und Hartgummi. Kein Holz für dieses Baby. Ich konnte mirs denken: entweder er hatte verwässerten Stoff gedealt oder seine Lieferanten mit dem Geld reingelegt. Wahrscheinlich hatten sie ihn unter Beschuß genommen, als er beim Barbier auf dem Stuhl saß, mit den heißen feuchten Kompressen auf der Visage. Nur hatten sie dabei ein paar lebenswichtige Organe verfehlt.

Weitere kamen an. Einer unterrichtete in Los Angeles an der Universität. Ein anderer schmuggelte mit chinesischen Fischkuttern irgendwelchen Shit über den Hafen von San Pedro rein.

Man stellte mich den größten Killern und Dealern des Jahrhunderts vor.

Ich dagegen bezog gerade mal wieder Arbeitslosenunterstützung.

Dann kam Harvey zu mir her.

„Bukowski, wie wärs mit 'm bißchen Scotch and Water?"

„Klar, Harvey, klar."

Wir marschierten in Richtung Küche.

„Wozu hast du ne Krawatte um?"

„Der Reißverschluß von meiner Hose ist futsch. Und meine

Unterhosen sind zu eng. Das Ende vom Schlips muß mir notfalls die verstunkenen Schamhaare abdecken."

„Für mich bist du der Meister der modernen Short-Story. Keiner kann dir das Wasser reichen."

„Klar, Harvey. Wo ist der Scotch? "

Harvey zeigte mir die Flasche.

„Die Sorte trink ich jetzt immer, nachdem du sie in deinen Stories so oft erwähnt hast."

„Aber ich hab inzwischen die Marke gewechselt, Harv. Hab 'n besseren Stoff entdeckt."

„Wie heißt er? "

„Verdammt, fällt mir im Moment nicht ein."

Ich fand ein großes Wasserglas und goß es mir voll, halb Scotch, halb Wasser.

„Für die Nerven", sagte ich zu ihm, „verstehst du? "

„Klar, Bukowski."

Ich trank es in einem Zug runter.

„Noch ne Füllung? "

„Klar."

Ich nahm das Glas in die Hand, ging damit ins vordere Zimmer, hockte mich in meine Ecke. Mittlerweile gab es neue Aufregung: Der Zen-Meister war EINGETROFFEN!

Der Zen-Meister hatte sehr exotische Klamotten an und kniff die Augen zusammen. Oder vielleicht waren sie so von Natur aus.

Der Zen-Meister brauchte Tische. Roy lief rum und suchte nach Tischen.

Währenddessen stand der Zen-Meister sehr relaxed rum. Er war die Ruhe selbst. Ich goß meinen Drink runter, ging rein und besorgte mir einen neuen, kam wieder zurück.

Ein Kind mit goldblonden Haaren rannte auf mich zu. Ungefähr elf Jahre alt.

„Bukowski, ich hab ein paar von deinen Stories gelesen. Also *ich* finde, du bist der größte Schriftsteller, den ich je gelesen habe!"

Lange blonde Locken. Brille. Schmächtiger Körper.

„Okay, Baby. Ich warte, bis du alt genug bist. Dann heiraten wir. Und leben von deinem Geld. Ich werd langsam müde. Du kannst mich dann rumzeigen in einem gläsernen Käfig mit kleinen Luftlöchern drin. Hab auch nichts dagegen, wenn die jungen Boys bei dir drübersteigen. Ich werd sogar zusehen."

„Bukowski! Bloß weil ich lange Haare hab, denkst du, ich bin ein Mädchen? ! Ich heiße *Paul!* Man hat uns vorgestellt! *Erinnerst* du dich nicht mehr? "

Pauls Vater, Harvey, sah zu mir herüber. Mit so einem Blick in den Augen. Da wußte ich, daß er beschlossen hatte, ich sei doch kein so guter Schriftsteller. Vielleicht sogar ein schlechter. Naja, die beste Tarnung kriegt mal Löcher.

Aber der kleine Boy war in Ordnung. „Das macht nichts, Bukowski! Du bist trotzdem der größte Schriftsteller, den ich je gelesen habe! Ein *paar* von deinen Stories hat mich Daddy lesen lassen . . ."

In diesem Augenblick gingen schlagartig die Lichter aus. Das hatte er nun von seinen großen Worten . . .

Aber überall kamen jetzt Kerzen zum Vorschein. Alles rannte rum, suchte Kerzen und steckte sie an.

„Shit, is bloß ne durchgebrannte Sicherung", sagte ich. „Schraubt ne neue rein."

Jemand sagte, es sei nicht die Sicherung, es sei was anderes. Da gab ich auf. Und während sie überall ihre Kerzen anmachten, ging ich in die Küche, um mir noch einen Scotch zu holen. Shit – da stand Harvey . . .

„Hast 'n fabelhaften Sohn, Harvey. Dein Boy, Peter . . ."

„Paul."

„Sorry. 'n biblischer Versprecher."

„Verstehe."

(Die Reichen verstehen alles; bloß tun sie nichts dagegen.)

Harvey entkorkte eine neue Flasche. Wir unterhielten uns über Kafka. Dos Passos. Turgenjew. Gogol. 'n Haufen müde Scheiße. Dann flackerten schließlich überall die Kerzen. Der Zen-Meister wollte endlich anfangen. Roy hatte mir die beiden Trauringe anvertraut. Ich checkte. Sie waren noch da. Alles wartete auf uns. Ich wartete darauf, daß Harvey aus den Latschen kippte. Nach all dem Scotch, den er intus hatte. Ich wartete vergeblich. Für jeden Drink, den ich kippte, hatte er sich zwei reingeschüttet, und er stand immer noch aufrecht. Sowas passiert mir nicht oft. In den zehn Minuten, die der Budenzauber mit den Kerzen gedauert hatte, war unsere Flasche halb leer geworden. Wir gingen hinaus zu den Gästen. Ich drückte Roy die Ringe in die Hand. Roy hatte dem Zen-Meister schon Tage zuvor beigebracht, daß ich ein Säufer war, unzuverlässig, jähzornig, schwaches Herz usw. – deshalb dürfe man den Trauzeugen Bukowski während der Zeremonie nicht nach den Ringen fragen, denn er sei möglicherweise nicht ganz da. Oder er würde anfangen zu kotzen, oder die Ringe verlieren, oder sich selber.

Jetzt gings also endlich los. Der Zen-Meister begann in seinem kleinen schwarzen Buch zu blättern. Es sah nicht allzu dick aus. Um die 150 Seiten, würde ich sagen.

„Ich bitte darum", sagte der Zen, „daß während der Zeremonie nicht getrunken und geraucht wird."

Ich leerte mein Glas. Ich stand rechts neben Roy. Überall um mich herum wurden die Gläser geleert.

Dann leistete sich der Zen-Meister ein kleines beknacktes Lächeln.

Wie eine christliche Hochzeitszeremonie ablief, wußte ich aus eigener trauriger Erfahrung. Und die Zen-Zeremonie war eigentlich ziemlich das gleiche, nur kam noch eine Portion Tinnef dazu. Irgendwann wurden drei kleine Räucherstäbchen angezündet. Zen hatte eine ganze Schachtel von den Dingern – zwei oder drei Hundert. Eins der Stäbchen wurde in die

Mitte eines mit Sand gefüllten Kruges gesteckt. Das war das Zen-Stäbchen. Dann mußte Roy sein brennendes Räucherstäbchen rechts davon einstecken, und Hollis ihres links davon.

Aber irgendwas stimmte daran nicht ganz. Der Zen-Meister, mit seinem kleinen Lächeln im Gesicht, mußte sich vorbeugen und die Dinger auf gleiche Höhe bringen.

Dann brachte er eine braune Perlenschnur zum Vorschein und überreichte sie Roy.

„Jetzt?", fragte Roy.

Verdammt, dachte ich, Roy bereitet sich doch sonst auf alles vor, warum nicht auch auf seine Hochzeit?

Zen langte nach vorn, legte Hollis' rechte Hand in Roy's linke und wickelte die Perlenschnur drum herum.

„Willst du . . ."

„Ich will . . ."

(Das soll Zen sein? , dachte ich.)

„Und willst du, Hollis . . ."

„Ich will . . ."

Mittlerweile war irgendein Arschloch trotz Kerzenlicht damit beschäftigt, hunderte von Fotos zu knipsen. Das machte mich nervös. Hätte ja vom F.B.I. sein können.

„Plick! Plick! Plick!"

Wir waren natürlich alle sauber. Aber es irritierte, weil es einfach leichtsinnig war.

Dann fielen mir im Kerzenschein die Ohren des Zen-Meisters auf. Das Kerzenlicht schien durch sie hindurch als seien sie aus hauchdünnem Klopapier.

Der Zen-Meister hatte die durchsichtigsten Ohren, die ich je gesehen hatte. *Das* war es, was ihn heilig machte! Ich *mußte* diese Ohren haben! Für Geld, für meinen Kater oder für den Preis eines Gedächtnisschwunds. Oder für unters Kopfkissen.

Natürlich wußte ich, daß hier die vielen Scotch and Water

mit mir durchgingen, und all das Bier, aber gleichzeitig wußte ichs auch wieder nicht.

Ich starrte die Ohren des Zen-Meisters an.

Inzwischen gabs weitere Worte:

„. . . und du, Roy, gelobst du, keine Drogen zu nehmen während deiner Verbindung mit Hollis? ”

Danach schien eine peinliche Pause einzutreten. Schließlich sagte Roy, dem buchstäblich die Hände gebunden waren: „Ich gelobe, daß ich keine . . .”

Endlich war es vorbei. Jedenfalls sah es so aus. Der Zen-Meister erhob sich und lächelte wieder still in sich hinein.

Ich legte Roy meine Hand auf die Schulter. „Gratuliere.”

Dann beugte ich mich rüber und küßte Hollis auf ihre sagenhaften Lippen.

Die anderen blieben einfach hocken. Eine Nation von Bekloppten.

Niemand regte sich. Die Kerzen flackerten wie verrückt.

Ich ging zum Zen-Meister hin und schüttelte ihm die Hand. „Vielen Dank. War ne prima Zeremonie.”

Er schien darüber sehr erfreut zu sein. Das half ein bißchen. Die Gangster waren zu stolz und zu dämlich, um einem Orientalen die Hand zu geben.

Jetzt wo die Hochzeit gelaufen war, kam es mir plötzlich sehr kalt vor. Alle saßen rum und starrten einander an. Die menschliche Rasse würde mir immer Rätsel aufgeben. Irgendjemand mußte jetzt mal die Sau abgeben und für Unterhaltung sorgen. Also riß ich mir die grüne Krawatte ab und schmiß sie in die Luft:

„HEY! IHR ARSCHFICKER! HAT DENN KEINER VON EUCH HUNGER? !”

Ich latschte rüber ans kalte Buffet und machte mich über den Käse her, die sauren Schweinsfüße, die Hühnerfotzen. Ein paar Gäste erhoben sich steifbeinig, kamen ran und stocherten in den Fressalien rum, da sie nichts anderes mit sich anzufangen wußten.

Na, wenigstens *dazu* konnte ich sie animieren. Ich drehte mich um und machte mich auf die Suche nach dem Scotch.

Als ich mir in der Küche das Glas einschenkte, hörte ich den Zen-Meister sagen: „Ich muß mich jetzt verabschieden."

„Ooooh, gehen Sie noch nicht . . .", sagte eine alte brüchige weibliche Stimme mitten in der größten Gangsterversammlung seit drei Jahren. Und nichtmal die Alte klang so als ob sie's ehrlich meinte. Was hatte ich hier eigentlich verloren?

Sobald ich hörte, wie der Zen-Meister die Haustür hinter sich zumachte, kippte ich das Wasserglas voll Scotch runter. Dann rannte ich raus, zwängte mich durch die schnatternden Kacker durch, fand die Haustür (was nicht einfach war), machte sie auf, hinter mir zu, und da war ich nun – knapp 15 Schritte hinter dem Mr. Zen. Er hatte noch 45 oder 50 Meter bis zum Parkplatz.

Ich legte einen Zahn zu und brüllte hinter ihm her: „Hey, Meister!"

Zen blieb stehen und drehte sich um. „Ja, alter Mann? "

Alter Mann?

Wir sahen einander an, im Mondlicht, auf dieser riesigen Freitreppe, die zum tropischen Garten hinunterführte. Es schien mir an der Zeit, daß wir in nähere Beziehung zueinander traten. Deshalb eröffnete ich ihm:

„Ich will entweder deine beiden verschissenen Ohren oder deine verschissene Kluft – diesen Bademantel mit dem Neonlicht, den du anhast!"

„Alter Mann, du bist von Sinnen!"

„Ich hab immer gedacht, ein Zen-Mensch macht keine pampigen und unvorsichtigen Bemerkungen. Meister, du enttäuscht mich!"

Zen legte seine Handflächen zusammen und blickte gen Himmel.

Ich sagte nochmal: „Ich will entweder deine Scheißklamotten oder deine Scheiß-Ohren!"

Er blickte weiter mit betender Gebärde gen Himmel.

Ich machte zwei große Schritte auf ihn zu, verfehlte dabei ein paar Treppenstufen, und während ich auf ihn zuflog, versuchte ich auszuholen, um ihm eine reinzuwuchten, aber meine Fallgeschwindigkeit war zu groß. Zen fing mich auf und stellte mich wieder auf die Beine.

„Mein Sohn, mein Sohn . . ."

Naja, jetzt war ich nahe genug ran. Ich versetzte ihm einen Schwinger. Traf auch ganz gut. Ich hörte, wie er zischte. Er machte einen Schritt nach hinten. Ich versuchte, noch einen bei ihm zu landen, aber der Schlag ging ins Leere und ich fiel in ein paar teure importierte Ziersträucher rein. Ich rappelte mich hoch. Ging wieder auf ihn los. Im Mondschein sah ich, daß meine Hosen vorne voller Blut, Kerzenwachs und Kotze waren.

„In mir hast du deinen Meister gefunden, du Arschloch!", eröffnete ich ihm, während ich auf ihn lostorkelte. Er wartete auf mich. Zehn Jahre Maloche in der Fabrik hatten meine Muskeln nicht gerade schlaff werden lassen. Ich wuchtete ihm einen in die Eingeweide, mit meinen ganzen 230 Pfund dahinter.

Er schnappte kurz nach Luft, schickte wieder eine flehende Gebärde gen Himmel, sagte irgendwas Orientalisches, legte mich mit einem knappen aber gnädigen Karateschlag um und ließ mich liegen, eingepackt in mexikanische Kakteen und irgendwelches Zeug, das aus meiner Perspektive wie menschenfressende Pflanzen aus dem tiefsten brasilianischen Urwald aussah. Ich machte mirs im Mondschein bequem, bis sich so eine purpurrote Blume lässig über meine Nase stülpte und sich anschickte, mich am Schnaufen zu hindern.

Shit, man brauchte mindestens 150 Jahre, um in Harvard als Klassiker eingestuft zu werden. Ich hatte also keine Wahl: ich befreite mich von dem Ding und kroch die Freitreppe rauf.

Oben stellte ich mich auf die Beine, machte die Tür auf und ging rein. Niemand beachtete mich. Sie waren immer noch am Palavern. Ich fläzte mich wieder in meine Ecke. Der Karateschlag hatte mir die linke Augenbraue geöffnet. Ich holte mein Taschentuch raus.

„Shit! Ich brauch 'n Drink!", brüllte ich.

Harvey brachte einen an. Scotch. Pur. Ich goß ihn runter.

Dann fiel mir auf, daß die Dame, die man mir als die Mutter der Braut vorgestellt hatte, eine ganze Menge Bein sehen ließ. Sah gar nicht schlecht aus. Diese langen Nylons mit den teuren hohen Absätzen unten dran, plus die kleinen juwelenbesetzten Schlaufen über den Zehen. Das konnte einen Idioten geil machen, und ich war bloß ein Halbidiot.

Ich stand auf, ging zur Brautmutter rüber, riß ihr den Rock bis über die Schenkel hoch, schmatzte an ihren hübschen Knien rum und arbeitete mich allmählich nach oben.

Das Kerzenlicht erwies sich jetzt als durchaus hilfreich. Und überhaupt.

„Hey!" Sie war plötzlich hellwach. „Was wird denn *das*, wenn es fertig ist? !"

„Ich fick dich um den Verstand, ich werd dich ficken, bis dir die Scheiße aus dem Arsch plumpst! Na, wie findest du das? "

Sie trat mich in den Bauch, und schon lag ich auf dem Teppich. Ich lag auf dem Rücken, schlug um mich, kam aber nicht mehr hoch.

„Verfluchte Amazone!", brüllte ich.

Schließlich, nach drei oder vier Minuten, kam ich wieder auf die Beine. Jemand lachte. Als ich die Balance wiedergefunden hatte, setzte ich mich in die Küche ab. Goß mir ein Glas voll, trank es aus, goß mir nochmal ein und ging damit raus.

Da standen sie rum. Die ganze gottverdammte Verwandtschaft.

„Roy? Hollis? ", fragte ich. „Warum packt ihr nicht euer Hochzeitsgeschenk aus? "

„Tja", sagte Roy, „warum nicht? "

Das Geschenk war in 38 Meter Alufolie eingewickelt. Roy rollte und rollte die Folie aus. Schließlich hatte er das Ding freigelegt.

„Fröhlichen Ehestand!", rief ich.

Alle sahen es. Es wurde sehr still im Raum.

Es war ein kleiner handgeschnitzter Sarg von einem der besten Kunsthandwerker in Spanien. Die Stellfläche war sogar mit so einem rosaroten Filz bezogen. Es war die exakte Nachbildung eines echten Sarges, allerdings mit erheblich mehr Liebe und Sorgfalt hergestellt.

Roy sah mich an als wolle er mich umbringen. Er riß den Coupon ab, auf dem zu lesen war, wie das Holz zu pflegen sei, schmieß ihn in den Sarg rein und machte den Deckel zu.

Es war sehr still. Das einzige Hochzeitsgeschenk hatte keinen Anklang gefunden. Aber sie fingen sich schnell wieder und setzten ihr Palaver fort.

Ich war vermufft. Ich war wirklich stolz gewesen auf meinen kleinen Sarg. Ich hatte stundenlang nach einem Geschenk gesucht. Ich hatte fast den Verstand verloren. Dann hatte ich ihn entdeckt. Er stand ganz allein auf einem Regal. Ich besah ihn von außen und innen, fummelte dran herum. Der Preis war happig, aber es handelte sich ja auch um eine handwerkliche Arbeit von höchster Vollendung. Das Holz. Die kleinen Scharniere. Überhaupt alles. Zufällig brauchte ich auch einen Spray zum Ameisen-Killen. Weiter hinten im Laden fand ich eine Dose "Black Flag". Die Ameisen hatten angefangen, sich unter meiner Türschwelle breitzumachen. Ich ging mit dem Zeug zur Kasse. Ein junges Mädchen saß dahinter. Ich zeigte auf den Sarg.

„Wissen Sie, was das ist? "

„Was? "

„Das ist ein Sarg!"

Ich machte ihn auf und zeigte ihn ihr.

„Ich hab Ameisen zuhause, die machen mich wahnsinnig. Wissen Sie, was ich machen werde? "

„Was? "

„Ich werd diese Ameisen killen und sie alle in diesen Sarg reintun und verscharren!"

Sie lachte. „Damit ham Sie gerade den ganzen Tag für mich gerettet!"

Man muß es diesem Jungvolk lassen: sie sind ein ganz neuer Menschenschlag. Einsame Klasse. Ich zahlte und ging raus . . .

Aber jetzt, bei der Hochzeit, lachte keiner. Ein Dampfkochtopf mit einer roten Schleife drum hätte sie wahrscheinlich in Entzücken versetzt. Oder vielleicht nichtmal das.

Harvey, der Reiche, war letzten Endes der einzige angenehme Mensch in der Runde. Vielleicht deshalb, weil er sichs leisten konnte . . .

Ich trank jetzt gleich aus der Flasche. Mir war alles egal. Und dann war die Sache gelaufen, ich hockte wieder auf dem Rücksitz meines Wagens, Hollis wieder am Steuer, und Roy's Bart wehte mir wieder ins Gesicht. Ich setzte die Flasche an.

„Sagt mal, habt ihr etwa meinen kleinen Sarg weggeworfen? Ich liebe euch beide, das wißt ihr! Warum habt ihr meinen kleinen Sarg weggeworfen? "

„Schau her, Bukowski, hier ist dein Sarg!"

Roy hielt ihn hoch, damit ich ihn sehen konnte.

„Ah. Prima."

„Willst du ihn wiederhaben? "

„Nein! Nein! Ist doch mein Geschenk an euch! Euer *einziges* Geschenk! Behaltet ihn! Bitte!"

„Na gut."

Der Rest der Fahrt war ziemlich ereignislos. Ich hatte eine Wohnung zur Straße raus, in der Nähe von Hollywood Boulevard. Ziemliches Parkproblem. Sie fanden schließlich eine

Lücke, einen halben Häuserblock von meiner Adresse entfernt. Sie parkten meinen Wagen und gaben mir die Schlüssel. Dann sah ich ihnen nach, wie sie über die Straße gingen – zu ihrem eigenen Wagen. Ich machte schon mal ein paar Schritte in Richtung auf meine Wohnung, sah aber dabei noch über die Schulter zu ihnen hinüber, mein Schuh verfing sich in den Hosenaufschlägen, und ich ging zu Boden. Im Umfallen versuchte ich instinktiv, die Whiskyflasche zu schützen, ich versuchte mich auf den Rücken fallen zu lassen und sowohl Flasche als auch Kopf oben zu behalten. Die Flasche blieb heil, aber mein Kopf knallte voll aufs Pflaster.

Sie hatten mich beide fallen sehen. Ich war halb bewußtlos, aber irgendwie brachte ich es fertig, zu ihnen rüber zu rufen:

„Roy! Hollis! Helft mir bis zu meiner Tür, bitte, ich hab mich verletzt!"

Sie standen einen Augenblick da und sahen mich an. Dann stiegen sie in ihren Wagen, ließen den Motor an, lehnten sich bequem zurück und fuhren davon.

Das war wohl die Rache für irgendwas. Für den Sarg? Oder weil sie in meiner alten Karre fahren mußten? Oder weil ich als Trauzeuge über die Stränge geschlagen hatte? Was es auch war – sie hatten keine Verwendung mehr für mich.

Noch fünf Minuten, dachte ich. Wenn man mich nur noch fünf Minuten ungeschoren hier liegen ließ, würde ich aufstehen und es bis zu meiner Wohnung schaffen. Ich war der letzte Outlaw. Laßt mich nur zurück in mein Versteck kriechen. Billy the Kid hatte mir nichts voraus. Fünf Minuten. Ich würde mich wieder erholen. Wenn sie mich das nächste Mal zu einer ihrer Festlichkeiten baten, würde ich ihnen genau sagen, wo sie sichs hinstecken können. Fünf Minuten. Das ist alles, was ich brauche.

Zwei Frauen kamen vorbei. Sie blieben stehen und sahen mich an.

„Oh, sieh mal den hier. Was hat er?"

„Er ist betrunken."

„Er ist doch nicht krank, oder?"

„Nein. Sieh mal, wie er die Flasche hält. Wie ein kleines Baby."

Oh, shit. Ich brüllte zu ihnen rauf:

„ICH WERD EUCH BEIDEN DIE MÖSE LUTSCHEN! ICH WERD SIE EUCH LUTSCHEN, BIS SIE FURZTROKKEN IST, IHR FOTZEN!"

„Ooooooh!"

Sie rannten in das gläserne Apartment-Hochhaus rein. Durch die Glastür. Ich lag draußen und kam nicht hoch. Ich brauchte es nur bis zu meiner Bude zu schaffen, aber die 30 Schritte bis dorthin sahen aus wie drei Millionen Lichtjahre. Dreißig Schritte bis zu einer gemieteten Haustür. Zwei Minuten, und ich würde aufstehen können. Bei jedem Versuch wurde ich besser. Ein alter Süffel kam immer wieder hoch, wenn man ihm genug Zeit ließ. Noch eine Minute . . .

Ich hätte es geschafft. Aber da kamen die Bullen an. Sie ließen ihr Blaulicht weiter rotieren, während sie anhielten und ausstiegen. Einer hatte eine Taschenlampe.

„Bukowski", sagte der mit der Taschenlampe, „du kannst anscheinend ohne Schwulitäten überhaupt nicht mehr leben, was?"

Er kannte meinen Namen von irgendwo her, von einer früheren Sache.

„Schaut her", sagte ich, „ich bin bloß gestolpert. Bin mit dem Kopf aufgeschlagen. Ich verliere nie den Überblick. Ich bin nicht gefährlich. Warum helft ihr mir nicht bis zu meiner Tür? Ist nur dreißig Schritte bis da hin. Laßt mich einfach aufs Bett fallen und pennen. Meint ihr nicht auch, daß das im Grunde das einzig Richtige wäre?"

„Sir, zwei Damen haben angegeben, Sie hätten versucht, sie zu vergewaltigen."

„Gentlemen, ich würde *nie* versuchen, zwei Ladies gleichzeitig zu vergewaltigen."

Der eine Bulle leuchtete mir ständig mit der Lampe ins Gesicht. Das gab ihm anscheinend ein unheimliches Gefühl der Überlegenheit.

„Nur dreißig Schritte zur Freiheit! Könnt ihr das nicht begreifen? "

„Du bist der witzigste Alleinunterhalter in der Stadt, Bukowski. Denk dir mal 'n besseres Alibi aus."

„Naja, mal sehn – also das was ihr da vor euch liegen seht, ist das Endprodukt einer Hochzeitsfeier, einer Zen-Hochzeit."

„Soll das heißen, eine Frau hat tatsächlich versucht, dich zu *heiraten?* "

„Nicht *mich,* du Arschloch . . ."

Der Bulle mit der Taschenlampe schlug mir das Ding auf die Nase.

„Einem Hüter des Gesetzes hat man respektvoll zu antworten."

„Sorry. Das war mir im Moment ganz entfallen."

Das Blut lief mir am Hals runter und dann aufs Hemd. Ich hatte alles ziemlich satt.

„Bukowski", sagte der mit der Taschenlampe, „warum mußt du eigentlich dauernd Stunk machen? "

„Laß deinen Tinnef unter Verputz", sagte ich. „Gehn wir lieber gleich in den Knast."

Sie legten mir die Handschellen an und schmissen mich auf den Rücksitz. Wie gehabt.

Sie fuhren gemächlich mit mir durch die Gegend und unterhielten sich über diverse hirnrissige Sachen – eine Veranda war zu verbreitern, ein Swimmingpool anzulegen, ein Zimmer sollte angebaut werden für die Oma. Und wenn es um Sport ging – das hier waren schließlich *richtige* Männer – tja, also die Dodgers hatten immer noch eine Chance, wenn auch zwei oder drei andere Mannschaften schwer von der

Spitze zu verdrängen waren.

Für diese beiden war die Menschheit noch eine große Familie – wenn die Dodgers siegten, dann siegten *sie* mit. Wenn jemand auf dem Mond landete, dann waren *sie* auf dem Mond mit dabei. Aber wenn ein verhungernder Mensch sie um einen Groschen bat – nix zu machen, fick dich ins Knie, du Kaffer. Das passierte natürlich nur, wenn sie in Zivil waren. Es hat noch nie einen verhungernden Menschen gegeben, der einen *Bullen* um einen Groschen bat. In der Beziehung sind wir sauber geblieben.

Dann schleuste man mich durch die Aufnahmeprozedur. Mich, der nur noch 30 Schritte bis zu seiner Haustür gehabt hatte; der in einem Haus mit 59 Leuten der einzige Mensch gewesen war.

Da stand ich nun wieder einmal, in der langen Reihe derer, die angeblich schuldig waren. Die jüngeren Typen wußten nicht, was sie erwartete. Sie machten sich noch Illusionen über DIE VERFASSUNG und ihre RECHTE. Die Anfänger unter den Bullen ließ man bei den Säufern im Stadtgefängnis und im Landesgefängnis ihre Grundausbildung absolvieren. Da mußten sie zeigen, ob etwas in ihnen steckte. Ich sah, wie sie einen Typ in den Fahrstuhl verfrachteten und mit ihm rauf und runter fuhren, immer rauf und runter, und als er wieder rauskam, konnte man kaum noch erkennen, was er mal gewesen war – ein Schwarzer, der was von Menschenrechten brüllte. Dann schnappten sie sich einen weißen Jungen, der es mit seinen verfassungsmäßig garantierten Rechten hatte; vier oder fünf von ihnen ließen ihn Spießruten laufen, bis er nicht mehr konnte. Dann brachten sie ihn angeschleppt und stellten ihn an die Wand. Er zitterte am ganzen Körper, hatte überall rote Striemen, stand da und zitterte.

Ich machte wieder einmal die ganze erkennungsdienstliche Behandlung durch, Fotos fürs Album, Fingerabdrücke.

Sie schafften mich runter in die Säuferzelle, hielten die Tür auf. Jetzt ging es nur noch darum, auf dem Boden der Zelle zwischen 150 Männern einen Platz zu finden. Zum Scheißen gabs nur einen einzigen Eimer. Kotze und Pisse, wo man hinsah. Ich fand ein Plätzchen zwischen meinen Mitmenschen. Ich war Charles Bukowski, dessen Werke vom Literatur-Archiv der University of California in Santa Barbara gesammelt wurden. Dort gab es jemanden, der mich für ein Genie hielt. Ich machte mirs auf dem Zementboden bequem. Ich hörte eine junge Stimme. Die Stimme eines Jungen.

„Mister, für'n Vierteldollar lutsch ich Ihnen den Schwanz!"

Laut Vorschrift mußten sie einem bei der Einlieferung alles Geld abnehmen, den Personalausweis, Schlüssel, Messer usw., plus Zigaretten, und dafür bekam man dann eine Quittung ausgehändigt. Die verlor man, oder man versilberte sie, oder sie wurde einem geklaut. Trotzdem gabs immer Geld und Zigaretten in der Zelle.

„Tut mir leid, Junge", sagte ich, „sie ham mir meinen letzten Penny abgenommen."

Nach vier Stunden fand ich endlich Schlaf.

Tja.

Trauzeuge bei einer Zen-Hochzeit. Und ich könnte wetten, daß die beiden in der Nacht nicht einmal gefickt hatten. Aber einen jedenfalls hatte man in Grund und Boden gepimpert. Das stand fest.

Eine verregnete Weibergeschichte

Gestern, Freitag, war ein trüber und verregneter Tag, und ich sagte mir ständig: Bleib nüchtern, Mann, geh nicht aus dem Leim; und ich ging durch die Tür und hinaus auf den Rasen des Hausbesitzers und duckte mich gerade noch rechtzeitig unter einem Football weg, den ein zukünftiger linker Verteidiger von Southern California geworfen hatte. 1975 würde er vielleicht soweit sein. 1975? , dachte ich – da sind wir ja nicht mehr weit von 1984 entfernt. Ich erinnere mich, als ich das Buch las, da dachte ich: Naja, 1984, das ist 10 Millionen Meilen bis China . . . und jetzt war es schon beinahe da, und ich war beinahe tot, oder auf dem besten Weg dazu, ich kaute auf dem letzten Rest meines Lebens herum und machte mich bereit, das zermatschte Ding auszuspucken.

Trübe und verregnet – eine tote Besenkammer, eine dunkle stinkende tote Besenkammer: Los Angeles, Kalifornien, Spätnachmittag, Freitag, China ganze 8 Meilen entfernt, Reispudding mit Augen drin, traurige kotzende Hunde – trübe und verregnet, ah Scheiße! – und ich erinnerte mich, wie ich als Kind immer gedacht hatte: Ich möchte mal so alt werden, daß ich das Jahr 2000 erlebe. Das war die magische Zahl, und ich glaubte daran. Während mein Alter Tag für Tag die Scheiße aus mir rausschlug, wollte ich 80 Jahre alt werden und das Jahr 2000 erleben. Jetzt wo alles die Scheiße aus mir rausschlägt, habe ich diesen Wunsch nicht mehr – jetzt ist es ein Überleben von einem Tag zum nächsten, KRIEG, trübe und verregnet – bleib nüchtern, Mann, geh nicht aus dem Leim, und ich stieg in mein Auto, gebraucht, so wie ich selber, und fuhr da rauf und machte die fünfte von insgesamt 12 Ratenzahlungen; dann fuhr ich den Hollywood Boulevard runter, Richtung Westen, die deprimierendste aller Straßen, ein verstopftes gläsernes Nichts, es war die einzige Straße, bei der mir wirklich die kalte Wut hochkam; und dann fiel mir ein, daß ich eigentlich zum Sunset wollte – der war fast genau so schlimm – und ich drehte nach Süden ab, alles hatte die Scheibenwischer an, und die wischten und wischten, und dahinter diese VISAGEN! – äh – ich bog in den Sunset ein, fuhr einen Block nach Westen, parkte vor M.C. Slum's. Neben mir stand ein roter Chevy mit einer Silberblonden drin. Wir starrten einander an, die Silberblonde und ich, finster und haßerfüllt. Ich würde sie ficken, dachte ich, aber nur in einer Wüste, wo keiner zusieht. Und sie sah mich an und dachte, den würde ich höchstens in einem toten Vulkan ficken, wo keiner zusieht. Und ich sagte „SHIT!", warf den Motor an, machte den Rückwärtsgang rein und fuhr da raus.

Trübe und verregnet, kein Service, da konnte man stundenlang sitzen und keiner erkundigte sich, was man wollte; nur ab und zu sah man einen Mechaniker, der kaugummi-kauend den Kopf aus dem Loch steckte, ah was für ein prächtiger Mensch! – aber wenn man was von ihm wollte, wurde er sauer – man hatte sich gefälligst an den Service Manager zu wenden, doch der versteckte sich immer irgendwo – hatte wohl Angst vor seinem eigenen Mechaniker und wollte ihm nicht zuviel Arbeit zumuten. Die ganze schauderhafte Wahrheit war im Grunde, DASS KEINER ETWAS TUN KONNTE – Dichter konnten keine Gedichte schreiben, Mechaniker keine Autos reparieren, Zahnärzte keine Zähne ziehen, Friseure keine Haare schneiden, Chirurgen bauten Mist mit dem Skalpell, Wäschereien ruinierten einem die Hemden und Bettlaken und ständig fehlte der eine oder andere Socken; Brot und eingemachte Bohnen hatten kleine Steinchen drin, an denen man sich die Zähne ausbiß; Football-Spieler waren feige Hunde; Handwerker von der Telefongesellschaft schändeten kleine Kinder; und Bürgermeister, Gouverneure, Generäle und Präsidenten hatten ungefähr soviel Verstand wie eine Schnekke, die sich in ein Spinnennetz verirrt. Undsoweiter, undsoweiter. Trübe und verregnet, bleib nüchtern, geh nicht aus dem Leim, ich fuhr auf den Parkplatz von Bier's Garage, und ein großer schwarzer Bastard mit einer Zigarre im Maul stürzte auf mich los: „HEY! SIE! SIE DA! SIE KÖNNEN HIER NICHT PARKEN!"

„Hör mal, ich weiß, daß ich hier nicht parken kann! Will ja auch bloß den Service Manager sprechen. Bist du vielleicht der Service Manager? "

„NEE! NEE, MANN! ICH BIN NICHT DER SERVICE MANAGER! MANN, DU KANNST HIER NICHT PARKEN!"

„Na, wo ist denn der Service Manager? Hockt er vielleicht auf dem Klo und spielt mit seinem Ding? "

„DU MUSST HIER RÜCKWÄRTS RAUSSETZEN UND DA DRÜBEN PARKEN!"

Ich setzte rückwärts raus und parkte da drüben. Ich stieg aus, ging zurück und stellte mich vor das kleine Pult, auf dem „Service Manager" stand. Eine Frau kam angefahren, ein bißchen benebelt, großer neuer Wagen, Tür halb offen, sie würgte den Motor ab, blickte wild in die Gegend, stieg aus. Der Wagen ruckelte noch ein bißchen nach. Sie trug einen kurzen

Rock, sehr kurz, lange graue Strümpfe, ihr Rock rutschte bis an die Hüften hoch, als sie ausstieg, ich starrte diese Beine an, blöde Zicke, aber diese Beine, mmh, und sie stand da, stupid und benebelt, und da KAM er nun, der Service Manager, direkt aus dem Männerklo, „KANN ICH IHNEN HELFEN, MADAM? ÄH, WO FEHLTS DENN? DIE BATTERIE? BATTERIE LEER? ", und schon wetzte er los und kam mit einer Batterie auf Rädern wieder angeschossen, fragte sie, wie man die Motorhaube aufmacht, und ich stand da, während sie an der Motorhaube herummurksten, und sah mir ihre Beine an, ihren Arsch, und dachte: mit dieser stupiden Sorte fickt sichs am besten, weil man sie haßt – sie haben ein begnadetes Fleisch und das Hirn einer Fliege.

Schließlich kriegten sie die Motorhaube auf, und er hängte ihre Batterie an seine an und sagte zu ihr, sie solle den Motor anlassen. Beim dritten oder vierten Versuch schaffte sie es. Dann schob sie den Hebel auf FAHRT und versuchte ihn zu überfahren, während er noch mit den Kabeln beschäftigt war. Fast wäre es ihr gelungen, aber er war ein bißchen zu flink auf den Beinen, „ZIEHEN SIE DIE HANDBREMSE AN! LASSEN SIE DEN LEERLAUF DRIN!" Was für eine dämliche Ische, dachte ich, wieviele Männer mag sie wohl auf diese Tour schon gekillt haben? Riesige Ohrringe. Und einen Mund, so knallrot wie eine Luftpostbriefmarke. Und die Eingeweide voll Scheiße.

„OK, JETZT SETZEN SIE RÜCKWÄRTS RAUS UND FAHREN DA DRÜBEN RAN! WIR LADEN IHNEN DIE BATTERIE AUF!"

Er rannte neben dem Wagen her, steckte den Kopf zum Fenster rein und starrte ihre Beine an, während sie rausfuhr. „GUT SO, GUT SO, ZURÜCK, ZURÜCK!", und die Augen fielen ihm beinahe raus. Sie bog um die Ecke, und er stand da und sah ihr nach.

Wir hatten beide einen Steifen in der Hose, der Service

Manager und ich. Ich stieß mich von der Mauer ab, an der ich gelehnt hatte. „HEY!"

„WAS IS? ", sagte er.

„ICH BRAUCH DRINGEND IHRE HILFE!", sagte ich und ging mit meinem Steifen auf ihn zu. Er warf mir einen eigenartigen Blick zu.

„BEI WAS DENN? "

„Auswuchten und Lenkung nachstellen."

„HEY! HERITITO!"

Ein kleiner Japaner kam gerannt.

„Auswuchten und Lenkung nachstellen", sagte er zu Heretito.

„Schlüssel her."

Ich gab ihm die Schlüssel. Machte mir nichts aus. Ich hatte immer 2 oder 3 Paar Wagenschlüssel bei mir. Ich war neurotisch.

„62er Comet", sagte ich zu ihm.

Heritito ging zu meinem 62er Comet, der Service Manager ging zurück ins Männerklo. Ich ging wieder an die Mauer und sah dem Verkehr zu; er schob sich stockend und fickrig und müde durch den diesigen Nieselregen von Los Angeles, 1984 war schon zwanzig Jahre her, die ganze kranke verwesende Gesellschaft so behämmert wie eine Geburtstagstorte, die man den Ameisen und Kakerlaken hinschmeißt; trüber Scheißregen; Heritito pumpte meinen blauen Comet, an dem erst 5 von 12 Raten abbezahlt waren, auf der Hebebühne hoch und mein Schwanz ging im gleichen Tempo runter.

Ich sah zu, wie er die Räder abmontierte; dann machte ich einen Spaziergang. Ich ging zweimal um den Block, begegnete 200 Leuten und traf keinen, der aussah wie ein Mensch. Ich sah in die Schaufenster, und da war nichts dahinter, was mich auch nur im entferntesten gereizt hätte. Und alles hatte einen Preis. Eine Gitarre. Na was zum Teufel sollte ich wohl mit einer Gitarre. Ich konnte sie vielleicht verheizen. Ein Plattenspieler. Ein Fernseher. Ein Radio. Überflüssig. Gerümpel. Krempel, mit dem man sich die Hirnwindungen verstopfen konnte. Wie ein Schlag mit einem roten 6-Unzen-Handschuh. Plop, und man war bedient.

Heritito war ziemlich gut. Eine halbe Stunde später hatte er die Karre von der Hebebühne runter und geparkt.

„Hey, nicht schlecht. Und wo muß ich zahlen? "

„Oh, das war erst das Auswuchten. Die Karre muß noch in den Meßstand. Da ist aber noch einer vor Ihnen."

„Oh."

Abends gabs einige Pferderennen, und ich wollte gern beim ersten Rennen mit dabei sein, 19.30 Uhr. Ich brauchte die Piepen, war auch ganz gut drin, aber ich mußte jeweils eine Stunde vorher da sein, um mir meine Wetten auszutüfteln; also 18.30 Uhr. Regen, finsterer Regen, ein schlechtes Zeichen. Am 13. die Miete, am 14. die Alimente, am 15. die nächste Rate fürs Auto. Ich mußte dringend auf ein paar Pferde setzen, sonst konnte ich gleich das Handtuch werfen. Weiß der Teufel, wie es einer zu was bringen sollte unter diesen Umständen. Naja, scheiß drauf. Um mir die Wartezeit zu vertreiben, ging ich über die Straße in einen Laden und kaufte mir 4 Paar Unterhosen für 5 Dollar. Ich ging zurück in die Werkstatt, schmiß sie in den Kofferraum, und als ich den Kofferraum abschloß, fiel mir auf: Menschenskind, du hast ja nur EINEN Kofferraumschlüssel! Nix gut für einen Neurotiker. Ich ging rüber zum Schlüsseldienst. Eine Frau setzte rückwärts raus und fuhr mich beinahe um. Ich steckte den Kopf durch ihr Wagenfenster und besah mir ihre Beine, sie trug einen purpurroten Strumpfgürtel und hatte schneeweißes Fleisch: „Verdammt, passen Sie auf, wo Sie hinfahren", sagte ich zu ihren Beinen, „fast hätten Sie mich überfahren!" Ihr Gesicht kriegte ich nicht mit. Ich zog den Kopf raus und ging in die Schlüsselbude. Ließ mir einen zweiten Schlüssel machen. Als ich bezahlte, kam ein altes Weib angerannt. „Hey, vor mir hat sich ein Lastwagen hingestellt! Ich komm nicht raus!"

„Tja, das ist nicht mein Bier", sagte der Schlüsselmann.

Sie war einfach zu alt. Flache Schuhe. Einen leeren idiotischen Blick in den Augen. Große plattgekaute falsche Zähne. Einen Rock bis halb auf die Knöchel runter. Tja, und nun verknall dich mal in die Warzen deiner Großmutter.

Sie sah mich an, „Was soll ich machen, Mister? "

„Versuchen Sie's mit'm Betäubungsmittel", sagte ich und ließ sie stehen. Vor zwanzig Jahren wäre sie vielleicht nicht abgeblitzt. Naja, ich hatte meinen Schlüssel. Es regnete immer noch. Ich stand gerade da und versuchte, das Ding an den Schlüsselring zu machen, da kam eine mit Minirock und Schirm raus. Nun pflegen Miniröcke seit neuestem einherzugehen mit ausgesprochen sextötenden dicken Netzstrümpfen, oder mit Strumpfhosen, an denen irgendein lappriger Petticoat-Fummel rumbammelt. Doch die hier brachte noch das Original – hohe Absätze, Nylons, Mini kaum bis übern Arsch. Und gebaut war die, meine Güte, alles machte Stielaugen, sowas von SEX, heller Wahnsinn. Der Schlüsselring vibrierte in meiner Hand, ich starrte durch den Nieselregen, sie kam langsam auf mich zu und lächelte.

Ich rannte um die Ecke mit meinem Schlüsselring. Ich will sehen, wie dieser Arsch an mir vorbeigeht, dachte ich. Der Arsch kam um die Ecke und schlängelte sich langsam an mir vorbei, jung, einladend. Ein gut gekleideter Typ kam hinter ihr her und rief ihren Namen. „Oh, freut mich ja so, dich zu sehen!", sagte er. Er redete und redete, und sie lächelte. „Na, ich hoffe, du amüsierst dich gut heute abend!", sagte sie. Was, der ließ sie einfach gehen? Der Typ mußte krank sein.

Irgendwie kriegte ich den Schlüssel an den Ring dran und ging ihr nach in einen Supermarkt. Ich sah zu, wie sie hüftschwenkend durch den Supermarkt ging und Männer sich die Köpfe verrenkten und sagten: „Jessas, guck dir das an!"

Ich ging in die Fleisch- und Wurstabteilung und ließ mir

eine Nummer geben. Während ich Schlange stand, kam sie wieder an. Sie lehnte sich an die Wand und stand da, keine fünf Schritte entfernt, und sah mich an und lächelte. Ich sah auf den Zettel runter, den ich in der Hand hielt. Ich war Nummer 92. Da war sie. Und *mich* sah sie an. Mann von Welt. Irgendwas schnallte in mir ab. Vielleicht hat sie ne ausgeleierte Pussy, dachte ich. Sie sah immer noch zu mir her und lächelte. Sie hatte ein gutes Gesicht, beinahe schön. Aber ich muß das erste Rennen schaffen, 19.30 Uhr. Miete am 13., Alimente am 14., Rate fürs Auto am 15., vier Paar Unterhosen für 5 Dollar, Räder auswuchten, erstes Rennen erstes Rennen, Nummer 92, DU HAST ANGST VOR IHR, DU WEISST NICHT WAS DU MACHEN SOLLST, WIE DU ES ANSTELLEN SOLLST, MANN VON WELT, DU HAST SCHISS, DU WEISST NICHT DIE RICHTIGEN WORTE, UND WARUM MUSS ES AUSGERECHNET IN EINEM METZGERLADEN SEIN? und außerdem würde es nur Schwulitäten geben. Es wird sich herausstellen, daß sie eine Macke hat, das weißt du genau. Sie wird bei dir einziehen wollen. Nachts wird sie schnarchen, sie wird das Klo mit Zeitungspapier verstopfen, sie wird acht Mal die Woche gefickt werden wollen. Gott, es ist einfach zuviel, nein nein nein nein nein, ich *muß* das erste Rennen schaffen.

Sie merkte es. Sie merkte, wie ich kniff. Plötzlich ging sie an mir vorbei. 68 Männer machten Stielaugen und träumten von großen Dingen. Ich paßte. Ich war alt. Ich war Ausschuß. Sie hatte mich gewollt. Geh mach deine Pferdewetten, alter Mann. Geh kauf dir dein Fleisch, Nummer 92.

„Nummer 92", sagte der Metzger, und ich ließ mir ein Pfund Hackfleisch geben, ein kleines T-Bone und ein Lendensteak. Pack dir das um den Schwanz, alter Mann.

Ich ging hinaus in den Regen, zurück zu meinem Auto, schloß den Kofferraum auf, schmiß das Fleisch rein und lehnte mich an die Mauer, sah welterfahren drein, rauchte eine

Zigarette, wartete daß meine Karre an die Reihe kam, wartete auf das erste Rennen; aber ich wußte, daß ich versagt hatte, ich hatte mir eine leichte Nummer durch die Lappen gehen lassen, eine Klasse-Nummer, ein Geschenk des Himmels an einem verschissenen Regentag in Los Angeles; es war Freitag, es ging auf den Abend zu, die Autos fuhren vorüber, und ihre Scheibenwischer wischten und wischten, keine Gesichter zu erkennen hinter den Scheiben, und ich, Bogart, ich, der mal gelebt hatte, drückte mich an die Mauer, Arschloch, hängende Schultern, die Benediktinermönche tranken ihren Wein und grölten, die Affen kratzten sich, die Rabbiner segneten saure Gurken und beschnittene Kinderpimmel; der Mann, der die Action liebte – Bogart, er lehnte bei Biers-Sobuck an der Wand, kein Fick, kein Mumm, es regnete es regnete es regnete, ich werd im ersten Rennen auf Lumber King setzen, und das kombiniere ich mit Wee Herb; und ein Mechaniker kam an und stieg ein und fuhr die Karre auf den Meßstand, und ich sah auf die Uhr – 17.30 Uhr, es würde knapp werden, aber irgendwie machte es jetzt nicht mehr so viel aus. Ich warf die Zigarette vor mir auf den Boden und starrte auf sie runter. Sie glühte und starrte zurück. Dann machte sie der Regen aus, und ich ging um die Ecke und suchte mir eine Bar.

Vergewaltigung!

Ich mußte mir beim Arzt irgend einen Test machen lassen. Dazu waren drei Blutentnahmen nötig – die zweite 10 Minuten nach der ersten, und die dritte 15 Minuten danach. Der Arzt hatte mir die ersten beiden Blutproben bereits abgezapft, und ich lief draußen auf der Straße herum, um die 15 Minuten bis zur dritten totzuschlagen. An der Bushaltestelle auf der anderen Straßenseite sah ich eine Frau. Unter all den Millionen Frauen findet man hin und wieder eine, bei der es einem so richtig durch und durch geht. Sie haben so eine bestimmte Ausstrahlung – entweder die Art, wie sie gebaut sind, oder eine gewisse Art von Kleid – irgendwas haben sie an sich, man kann sich einfach nicht dagegen wehren. Sie hatte die Beine übereinandergeschlagen und trug ein knallgelbes Kleid. Die Beine wirkten um die Knöchel herum ziemlich dünn und zierlich, aber die Waden waren ganz schön stramm, und was sich nach oben anschloß, sah ebenfalls hervorragend aus. Ihr Gesichtsausdruck hatte etwas Verspieltes, etwas von einem unterdrückten Lachen.

Ich ging runter zur Ampel und überquerte die Straße. Dann ging ich auf die Bank an der Bushaltestelle zu. Ich war in Trance. Ich hatte keine Kontrolle mehr über mich. Als ich noch ein paar Schritte von ihr entfernt war, stand sie auf und ging die Straße runter. Ihr Hintern brachte mich fast um den Verstand. Ich ging hinter ihr her, ich hörte auf das Klicken ihrer Absätze, ich verschlang ihren Körper mit meinen Augen.

Was ist mit mir los? , dachte ich. Ich hab mich nicht mehr in der Gewalt.

Na und wenn schon? , antwortete etwas in mir.

Sie ging in ein Postamt rein. Ich folgte ihr. Vier oder fünf Leute standen vor dem Schalter. Es war ein warmer angenehmer Nachmittag. Jeder schien auf rosaroten Wolken zu schweben. Ich ganz bestimmt.

Ich bin nur eine Handbreit von ihr entfernt, dachte ich. Ich könnte sie berühren.

Sie gab eine Postanweisung über 7.85 Dollar auf. Ich hörte mir ihre Stimme an. Sogar ihre Stimme ließ einen an eine ganz außergewöhnliche Sexmaschine denken. Sie ging hinaus. Ich kaufte ein Dutzend Airmail-Postkarten, die ich überhaupt nicht brauchte. Dann rannte ich raus. Sie stand wieder an der Bushaltestelle, der Bus kam gerade an. Ich schaffte es gerade noch, mich hinter ihr durch die Tür zu zwängen. Ich setzte mich auf einen Platz direkt hinter ihr. Wir fuhren eine ziemliche Strecke. Sie spürt garantiert, daß du ihr nachgehst, dachte ich, aber das stört sie anscheinend überhaupt nicht. Sie hatte rotblondes Haar. Alles an ihr schien zu glühen.

Wir mußten schon 3 oder 4 Meilen gefahren sein. Plötzlich sprang sie auf und zog an der Klingelschnur. Ich sah, wie ihr enges Kleid an ihrem Körper hochrutschte, als sie an der Schnur zog.

Mein Gott, ich halte es nicht mehr aus, dachte ich.

Sie stieg vorne aus, ich hinten. An der nächsten Ecke bog

sie rechts ab. Ich ging hinterher. Sie sah sich kein einziges Mal um. Es gab nur Apartmenthäuser in der Gegend. Sie gefiel mir besser denn je. So eine Frau sollte nie allein auf die Straße gehen.

Das Gebäude, in das sie reinging, nannte sich „Hudson Arms". Ich blieb draußen stehen, während sie auf den Fahrstuhl wartete. Ich sah, wie sie einstieg und die Tür hinter ihr zuging. Dann ging ich rein und lauschte am Fahrstuhlschacht. Ich hörte den Aufzug nach oben fahren, die Tür ging auf und sie stieg aus. Ich drückte auf den Knopf. Sobald ich hörte, daß sich der Aufzug oben in Bewegung setzte, fing ich an, die Sekunden zu zählen.

Eins, zwei, drei, vier, fünf, sechs . . .

Als der Aufzug unten ankam, waren ungefähr 18 Sekunden vergangen.

Ich stieg ein und drückte auf den obersten Knopf, 4. Etage. Dann zählte ich. Als ich die 4. Etage erreichte, war ich bei 24 Sekunden. Also war sie in der dritten ausgestiegen. Ich drückte die 3. Sechs Sekunden. Aha. Ich stieg aus.

Es gab ziemlich viele Apartments da oben. Die erste Tür ließ ich aus, das wäre zu einfach gewesen. Ich klopfte mal an der zweiten an.

Ein kahlköpfiger Mensch in Unterhemd und Hosenträgern machte auf.

„Ich komme von der Concord Lebensversicherung. Sind Sie ausreichend versichert? "

„Gehn Sie mir bloß weg", sagte der Glatzkopf und machte die Tür zu.

Ich versuchte es mit der nächsten Tür. Eine Frau von etwa 48 Jahren, ziemlich dick und runzelig, machte die Tür auf.

„Ich komme von der Concord Lebensversicherung. Sind Sie ausreichend versichert, Madam? "

„Bitte treten Sie ein, Sir", sagte sie.

Ich ging rein.

„Hören Sie, mein Junge und ich sind am Verhungern. Mein Mann ist vor zwei Jahren tot auf der Straße umgefallen. Tot umgefallen, mitten auf der Straße. Ich kriege 90 Dollar im Monat, damit komm ich nicht durch. Mein Junge hat Hunger. Haben Sie nicht ein bißchen Geld für mich, damit ich meinem Jungen ein Ei kaufen kann? "

Ich sah sie mir an. Der Junge stand mitten im Zimmer und grinste. Ein ziemlich großer Brusche, etwa 12 Jahre alt und irgendwie zurückgeblieben. Er grinste in einer Tour.

Ich gab der Frau einen Dollar.

„Oh vielen Dank, Sir! Oh, vielen Dank!"

Sie warf mir ihre Arme um den Hals und küßte mich. Ihr Mund war naß, wäßrig, lapprig. Dann hängte sie mir ihre Zunge rein. Ich wäre beinahe dran erstickt. Es war eine dicke Zunge, mit sehr viel Speichel dran. Ihre Brüste waren groß und weich, wie Pfannkuchen. Ich riß mich los.

„Hören Sie, sind Sie nicht ab und zu mal einsam? Brauchen Sie nicht eine Frau? Ich bin eine gute Frau, sauber, wirklich wahr. Bei mir brauchen Sie sich wegen Krankheiten keine Sorge zu machen."

„Nee", sagte ich. „Muß wieder los." Ich machte, daß ich rauskam.

Ich probierte die nächsten 3 Türen. Nichts.

Dann ging die vierte Tür auf: sie war es. Die Tür war vielleicht zehn Zentimeter weit offen. Ich lehnte mich dagegen und drückte mich rein, machte die Tür hinter mir zu. Sie stand da und sah mich an. Ich fragte mich, wie lange es wohl dauern würde, bis sie anfing zu schreien. Ich hatte ein Riesending stehen.

Ich ging zu ihr hin, packte sie an den Haaren und am Arsch und küßte sie. Sie wehrte sich, versuchte mich wegzustoßen. Sie hatte immer noch dieses knallgelbe Kleid an. Ich hielt sie von mir ab, holte aus und schlug ihr kräftig ein paar rein. Als ich sie wieder an mich riß, war ihr Widerstand schon nicht mehr so groß. Wir stolperten über den Fußboden. Ich packte ihr Kleid am Ausschnitt und riß es ihr bis an den Nabel auf. Dann riß ich ihr den BH runter. Immense, vulkanische Brüste. Ich saugte mich an ihren Titten fest, dann nahm ich mir ihren Mund vor. Mittlerweile hatte ich ihr das Kleid über die Schenkel hochgezogen und fummelte an ihren Schlüpfern. Schließlich hatte ich sie unten, und mein Ding drin. Ich nahm sie im Stehen. Als ich fertig war, schmiß ich sie rückwärts auf die Couch. Ihre Pussy sah mich an. Sie sah immer noch gut aus.

„Geh ins Bad", sagte ich zu ihr. „Mach dich sauber."

Ich ging an den Kühlschrank. Da stand ein guter Wein drin. Ich fand zwei Gläser und schenkte sie voll. Als sie wiederkam, gab ich ihr einen Drink und setzte mich neben sie auf die Couch.

„Wie heißt du? "

„Vera."

„Hat es dir Spaß gemacht? "

„Ja. Ich hab es gern, wenn man mich vergewaltigt. Ich wußte, daß du mir nachgehst. Ich hab mirs sogar gewünscht. Als ich ohne dich in den Aufzug stieg, dachte ich, du hättest den Mut verloren. Ich bin erst einmal vergewaltigt worden. Eine schöne Frau hat es schwer, einen Mann zu kriegen. Alle denken, sie sei unnahbar. Es ist die Hölle."

„Aber so wie du aussiehst und wie du dich anziehst – ist dir klar, daß das für die Männer auf der Straße die reine Folter ist? "

„Ja. Ich möchte, daß du mirs jetzt mit deinem Grütel machst."

„Mit meinem Gürtel? "

„Ja. Auf meinen Arsch, auf die Schenkel, auf die Beine. Tu mir weh, und dann steck ihn rein. Sag mir, daß du mich vergewaltigen wirst!"

„OK, ich werd dich schlagen, und dann werd ich dich vergewaltigen."

Ich packte sie an den Haaren, küßte sie heftig, biß sie in die Lippen.

„Fick mich!", sagte sie. „Fick mich!"

„Langsam", sagte ich, „ich muß mich erst erholen!"

Sie machte mir den Reißverschluß auf und holte meinen Penis raus.

„Ah ist der schön! Ganz rot und krumm!"

Sie nahm ihn in den Mund und fing an, ihn zu bearbeiten. Sie machte es ausgesprochen gut.

„Oh shit", sagte ich, „oh shit!"

Sie hatte mich. Sie arbeitete gut 6 oder 7 Minuten daran, dann fing er an zu pulsieren. Sie nagte mit den Zähnen grad unterhalb meiner Eichel rum, und dann saugte sie mich leer.

„Hör zu", sagte ich, „es sieht so aus, als ob ich die Nacht über bleiben werde. Wie wärs, wenn ich ein Bad nehme und du mir inzwischen was zu essen machst? "

„All right", sagte sie.

Ich ging ins Badezimmer, machte die Tür zu, ließ heißes Wasser ein. Ich hängte meine Kleider an den Türhaken.

Ich aalte mich im heißen Wasser, dann marschierte ich raus, mit einem Handtuch um.

In diesem Augenblick kamen zwei Bullen durch die Tür.

„Dieses Schwein hat mich vergewaltigt!", sagte sie zu den Bullen.

„Na, na, Augenblick mal!", sagte ich.

„Zieh deine Klamotten an, Kumpel", sagte der größere von den beiden.

„Schau her, Vera, das soll doch wohl ein Witz sein, oder? "

„Nein, Sie haben mich vergewaltigt! Sie haben mich vergewaltigt! Und dann haben Sie mich gezwungen, mit Ihnen oralen Verkehr zu haben!"

„Zieh deine Klamotten an, Kumpel!", sagte der große Bulle. „Ich sags nicht nochmal!"

Ich ging ins Badezimmer und zog mich an. Als ich rauskam,

legten sie mir die Handschellen an.

„Frauenschänder!", sagte Vera.

Wir fuhren im Fahrstuhl runter. Als wir durchs Foyer gingen, starrten mich etliche Leute an. Vera war in ihrem Apratment geblieben. Die Bullen stießen mich auf den Rücksitz.

„Was ist los, Kumpel? ", sagte er eine. „Mußt du dir wegen ner Möse unbedingt das ganze Leben versauen? Ist doch unvernünftig."

„Also ne Vergewaltigung wars eigentlich nicht", sagte ich.

„Das sind die wenigsten."

„Yeah", sagte ich. „Schätze, Sie ham recht."

Ich brachte den Papierkram hinter mich. Dann steckten sie mich in eine Zelle.

Ein Wort von einer Frau, dachte ich, und sie richten sich danach, ohne mit der Wimper zu zucken. Wo bleibt da die Gleichberechtigung?

Dann überlegte ich: Hast du sie nun vergewaltigt oder nicht?

Ich wußte es nicht.

Schließlich schlief ich ein. Am nächsten Morgen gabs Grapefruit, Eier mit Schinken und Kartoffeln, Kaffee und Brot. Grapefruit? Dieser Knast hatte Klasse. Yeah.

Eine Viertelstunde später ging die Zellentür auf.

„Glück gehabt, Bukowski. Die Lady hat die Anzeige zurückgezogen."

„Großartig! Großartig!"

„Aber mach jetzt keine Dummheiten mehr."

„Klar, klar."

Ich bekam meine Sachen zurück und ging raus. Ich nahm den Bus und fuhr in die Gegend, wo die Apartmenthäuser waren. Dann stand ich wieder vor dem „Hudson Arms". Ich überlegte hin und her. Muß wohl an die 25 Minuten da rumgestanden haben. Es war Samstag. Vermutlich war sie zuhause. Ich ging zum Fahrstuhl, stieg ein, drückte die 3. Etage.

Stieg aus. Klopfte an die Tür. Sie war da. Ich schob mich rein
„Ich hab noch einen Dollar für deinen Boy", sagte ich.

Sie nahm ihn.

„Oh, vielen Dank! Vielen Dank!"

Sie drückte ihren Mund auf meinen. Fühlte sich an wie ein hohles Stück Schaumgummi. Flapp, kam die dicke Zunge raus. Ich saugte daran. Dann hob ich ihr das Kleid hoch. Sie hatte einen schönen großen Arsch. 'ne Menge Arsch. Blaue ausgeleierte Schlüpfer mit einem Loch an der linken Seite. Wir standen vor einem mannshohen Spiegel. Ich packte den Arsch, dann hängte ich meine Zunge in dieses Schaumgummi-Vakuum. Unsere Zungen kreisten umeinander wie übergeschnappte Schlangen. Unten hatte ich was Riesiges stehen.

Der Mongolensohn stand mitten im Zimmer und grinste uns an.

Hundekuchen in der Suppe

Ich hatte einen langen Clinch mit dem Alkohol hinter mir, und während dieser Zeit hatte ich meinen miesen Job verloren, mein Zimmer und (vielleicht) meinen Verstand. Nachdem ich eine Nacht in der Gosse geschlafen hatte, übergab ich mich in den ersten Strahlen der Morgensonne, wartete fünf Minuten und kippte dann den Rest aus der Weinflasche runter, die ich in meiner Manteltasche fand. Ich begann ziellos durch die Stadt zu gehen. Solange ich in Bewegung war, hatte ich das Gefühl, als sei ich irgendwie noch in Einklang mit den Dingen um mich herum. Das war natürlich ein Irrtum. Aber in einer Seitengasse rumzustehen, half auch nicht gerade weiter.

Ich lief eine ganze Weile herum, ziemlich benommen. Ganz vage kam mir der Gedanke, wie faszinierend es wäre, den Hungertod zu sterben. Ich brauchte nichts weiter als einen Platz, wo ich vor mich hindösen und in Ruhe abwarten konnte. Gegenüber der Gesellschaft empfand ich keinerlei Haß.

Ich hatte mich längst daran gewöhnt, ein Outsider zu sein.

Schließlich kam ich in die Außenbezirke. Die Häuser wurden spärlicher. Es gab Felder und kleine Farmen. Mir war so schlecht, daß ich nicht einmal Hunger verspürte. Es war heiß, ich zog den Mantel aus und hängte ihn über den Arm. Allmählich bekam ich Durst. Nirgends eine Spur von Wasser. Mein Gesicht war blutverkrustet, ich war in der Nacht auf die Fresse gefallen, mein Haar war schmierig und ungekämmt. Verdursten jedoch entsprach nicht gerade meiner Vorstellung von einem leichten Tod; deshalb beschloß ich, irgendwo um ein Glas Wasser zu bitten. Am ersten Haus ging ich vorbei; es wirkte ziemlich abweisend. Ich ging weiter die Straße runter und kam zu einem großen dreistöckigen Haus, das völlig von Efeu überwuchert war; ringsherum jede Menge Sträucher und Bäume. Als ich die Stufen zur Veranda hinaufstieg, hörte ich drinnen merkwürdige Geräusche, und die Luft roch ein bißchen nach rohem Fleisch, Urin und Exkrementen. Trotzdem, das Haus machte einen freundlichen Eindruck. Ich läutete.

Eine Frau von etwa dreißig Jahren kam an die Tür. Sie hatte langes Haar, rötlich braun, sehr lang, und ein Paar braune Augen sahen mich an. Sie sah gut aus, trug enge Bluejeans, Stiefel, ein blaßrosa Hemd. Sie wirkte weder ungehalten noch verängstigt.

„Ja?", sagte sie, fast mit einem Lächeln.

„Ich hab Durst", sagte ich. „Könnte ich ein Glas Wasser haben?"

„Kommen Sie rein", sagte sie. Ich folgte ihr ins vordere Zimmer. „Setzen Sie sich."

Ich ließ mich vorsichtig auf einen alten Stuhl nieder. Sie ging in die Küche, um das Wasser zu holen. Dann hörte ich, wie etwas den Gang heruntergerannt kam. Es kam ins Zimmer gesaust, blieb stehen und sah mich an. Es war ein Orang-Utan. Er sprang vor Begeisterung auf und ab, als er mich sah. Dann machte er einen Satz und landete auf meinem Schoß.

Er brachte sein Gesicht ganz nah an meines heran, und einen Augenblick lang sahen wir uns in die Augen. Dann nahm er den Kopf zurück, schnappte sich meinen Mantel, sprang herunter und rannte mit meinem Mantel hinaus auf den Gang und stieß merkwürdige Laute aus.

Sie kam mit einem Glas Wasser herein und reichte es mir.

„Ich bin Carol", sagte sie.

„Und ich Gordon", sagte ich, „aber das spielt jetzt keine Rolle mehr."

„Warum? "

„Naja, ich bin erledigt. Aus. Vorbei. Du weißt schon."

„Was war es? Alkohol? ", fragte sie.

„Alkohol", sagte ich; und dann, mit einer Handbewegung: „. . . und die da draußen."

„Mit denen hab ich auch Trouble. Ich bin völlig allein."

„Soll das heißen, du lebst ganz allein in diesem großen Haus? "

„Naja, das nun wieder nicht!" Sie lachte.

„Ach so, ja. Der große Affe hat übrigens meinen Mantel geklaut."

„Oh, das ist Bilbo. Netter Kerl. Bißchen verrückt."

„Ich werd den Mantel heute nacht brauchen. Die Nächte sind kalt."

„Du bleibst heute nacht hier. Du siehst aus, als müßtest du dich erst mal ausruhen."

„Wenn ich mich erst ausruhe, mach ich das Spiel vielleicht noch weiter."

„Solltest du auch, finde ich. Ist kein schlechtes Spiel, wenn man richtig drauf einsteigt."

„Ich bin mir da nicht so sicher. Außerdem, warum willst du ausgerechnet mir helfen? "

„Ich bin wie Bilbo", sagte sie. „Ich bin verrückt. Behauptet man wenigstens. Ich war drei Monate in der Klapsmühle."

„Ohne Flachs? "

„Ohne Flachs", sagte sie. „Und jetzt mach ich dir erst mal 'n Teller Suppe."

„Die Bezirksverwaltung", sagte sie später, „möchte mich gerne rausekeln. Sie haben ein Verfahren gegen mich laufen. Glücklicherweise hat mir Daddy ziemlich viel Geld hinterlassen. Ich kann mich also wehren. Sie nennen mich Crazy Carol. Mein antiautoritärer Zoo ist ihnen ein Dorn im Auge."

„Ich lese keine Zeitungen. Antiautoritärer Zoo? "

„Ja. Ich *liebe* Tiere. Mit Menschen hab ich nur Schwierigkeiten. Aber, Mann, zu Tieren finde ich einfach ein *dolles* Verhältnis. Vielleicht hab ich wirklich 'n Knall. Ich weiß nicht."

„Ich finde dich ausgesprochen nett."

„Ehrlich? "

„Ehrlich."

„Ich hab immer den Eindruck, die Leute haben Angst vor mir. Freut mich, daß du keine Angst vor mir hast."

Ihre braunen Augen wurden immer größer, dunkler, etwas Nachdenkliches lag darin, und während wir uns unterhielten, bröckelte die Mauer zwischen uns langsam ab.

„Hör zu", sagte ich, „tut mir leid, aber ich muß mal aufs Klo."

„Den Gang runter und die erste Tür links."

„Okay."

Ich trabte den Gang runter, dann links. Die Tür stand offen. Ich erstarrte. Auf der Handtuchstange über der Badewanne hockte ein Papagei. Und auf dem Frottierteppich hatte sich ein ausgewachsener Tiger häuslich niedergelassen. Der Papagei ignorierte mich, der Tiger starrte mich gleichgültig und gelangweilt an. Ich verdrückte mich rückwärts und begab mich schleunigst wieder ins vordere Zimmer.

„Carol! Mein Gott, da liegt ein *Tiger* im Badezimmer!"

„Oh, das ist Dopey Joe. Der tut dir nichts."

„Naja, aber ich kann unmöglich scheißen, wenn mich dabei ein Tiger anstarrt."

„Ah, so'n Quatsch. Komm mal mit!"

Ich schlich hinter ihr den Gang entlang. Sie ging ins Badezimmer rein und sagte zu dem Tiger: „Komm, Dopey, beweg dich. Der Gentleman hier kann nicht scheißen, wenn du ihn ansiehst. Er denkt, du willst ihn fressen."

Der Tiger sah Carol völlig uninteressiert an.

„Dopey, du Bastard, ich sags nicht zweimal! Ich zähle jetzt bis *Drei!* Also: Eins . . . Zwei . . . *Drei* . . ."

Der Tiger rührte sich nicht.

„Na gut! Selber schuld!"

Sie packte den Tiger am Ohr, zog ihn richtig am Ohr und brachte ihn tatsächlich aus seiner Ruhestellung. Die Katze fauchte und spuckte; ich konnte die Reißzähne sehen, die Zunge; aber Carol schien das überhaupt nichts auszumachen. Sie zog diesen Tiger am Ohr da raus und führte ihn den Gang entlang. Dann ließ sie das Ohr los und sagte: „All right, Dopey: auf dein Zimmer! Du gehst jetzt sofort auf dein Zimmer!"

Der Tiger machte ein paar Schritte den Gang runter, drehte sich einmal um die eigene Achse und fläzte sich auf den Boden.

„Dopey!", sagte sie. „Geh auf dein Zimmer!"

Die Katze sah zu uns her und rührte sich nicht vom Fleck.

„Dieser Hundesohn wird immer unmöglicher", sagte sie. „Ich werd ihn bestrafen müssen, so leid es mir tut. Ich liebe ihn nämlich."

„Du liebst ihn? "

„Na sicher. Ich liebe alle meine Tiere. Sag mal, was ist mit dem Papagei? Stört der dich auch? "

„Nee, ich glaube, der macht mir nichts aus", sagte ich.

„Also dann: guten Schiß."

Sie machte die Tür zu. Der Papagei starrte mich an. Dann sagte er, „Also dann: guten Schiß" – und ließ einen fallen, platsch, in die Wanne . . .

Wir unterhielten uns den ganzen Nachmittag und Abend, und ich verdrückte einige gute Mahlzeiten. Ich war nicht ganz sicher, ob das alles tatsächlich echt war oder ob ich Delirium Tremens hatte. Oder vielleicht war ich tot oder hatte den Verstand verloren und sah Visionen.

Ich weiß nicht, wieviele verschiedene Tiersorten sich bei Carol herumtrieben. Die meisten waren sogar stubenrein. Es war eben ein richtiger antiautoritärer Zoo.

Die Tiere hatten regelmäßig Auslauf und absolvierten ein gemeinsames „Shit-Training", wie Carol es nannte. Sie führte sie in Gruppen von fünf oder sechs aus dem Haus, hinaus ins Freie. Fuchs, Wolf, Affe, Tiger, Panther, Schlange – naja, was es eben so gibt in einem Zoo. Sie hatte fast alles. Aber das Eigenartige war, daß sich die Tiere gegenseitig nichts taten. Sie kriegten gutes Fressen, das half natürlich (die monatliche Rechnung für das Fressen war enorm; Papa mußte ne Menge Kies hinterlassen haben), aber ich hatte auch den Eindruck, daß die Tiere durch Carols liebevolle Zuwendung in einen Zustand friedlicher und beinahe augenzwinkernder Freundschaft versetzt wurden – in einen Zustand liebestrunkener Verklärung sozusagen. Die Tiere fühlten sich einfach *wohl.*

„Schau sie dir an, Gordon. Schau sie dir gut an. Man muß sie einfach gernhaben. Sieh doch, wie sie sich *bewegen.* Jedes auf seine Art, ganz unverwechselbar, ganz *es selbst.* Sie sind nicht wie die Menschen. Sie *ruhen* in sich, sie haben sich nie gegen ihre Natur versündigt, sie sind nie häßlich. Sie haben die Gabe, sie haben noch dieselbe Gabe, mit der sie geboren wurden . . ."

„Ja, ich glaube ich verstehe, was du meinst . . ."

In der Nacht fand ich keinen Schlaf. Ich zog mich wieder an, bis auf Schuhe und Strümpfe, und ging durch den Hausflur zum vorderen Zimmer. Durch einen Vorhang aus Perlenschnüren konnte ich hineinsehen, aber nicht gesehen werden.

Ich stand da und sah rein.

Carol lag nackt auf dem Kaffeetisch, auf dem Rücken, nur ihre Beine baumelten herunter. Ihr Körper war aufregend weiß, als hätte er nie einen Sonnenstrahl gesehen; ihre Brüste waren nicht groß, aber ausgesprochen fest – sie schienen fast ein Eigenleben zu führen, sich in die Luft zu bohren, und die Brustwarzen waren nicht dunkel schattiert wie bei den meisten Frauen, sondern hatten so ein flammendes helles Rot, wie Feuer, nur mehr *pink,* beinahe wie Neon. Meine Güte, die Lady mit den Neon-Titten! Ihre Lippen hatten die gleiche Farbe, sie waren geöffnet, verträumt. Ihr Kopf hing leicht über die Tischkante, und diese langen rotbraunen Haare baumelten da runter und wehten leicht hin und her und kringelten sich auf dem Teppich. Ihr ganzer Körper wirkte, als sei er glattpoliert – nicht einmal die Ellbogen und Knie schienen hervorzustehen. Das einzige, was abstand, waren ihre spitzen Brüste.

Und *auf* ihrem Körper ringelte sich eine große Schlange. Ich weiß nicht, was für eine Sorte. Jedenfalls, sie züngelte und bewegte den Kopf leicht vor und zurück, direkt neben Carols Gesicht, mit langsamen geschmeidigen Bewegungen. Hin und wieder entrollte sich die Schlange und glitt auf Carols Körper hin und her, es sah aus wie eine Liebkosung, und dann zog sie sich wieder leicht zusammen und man konnte sehen, wie ein Zittern durch Carols Körper ging, sie keuchte und erschauerte. Dann kitzelte die Schlange Carol am Ohr, richtete sich auf, sah sie an, verharrte abwartend, und dann tat sie es wieder. Ihr Züngeln wurde schneller, und dann öffnete sich Carols Möse, rot und herrlich anzusehen im Schein der Stehlampe, und ihre Mösenhaare kringelten sich einladend . . .

Ich ging zurück auf mein Zimmer. Eine beneidenswerte Schlange, dachte ich. Ich hatte noch nie eine Frau mit so einem Körper gesehen. Das Einschlafen fiel mir jetzt noch schwerer.

Am nächsten Morgen beim Frühstück sagte ich zu Carol: „Du *liebst* deine Tiere wirklich, hm?"

„Ja, alle. Jedes einzelne", sagte sie.

Carol sah noch besser aus als am Tag zuvor. Sie hatte geradezu eine Aura. Ihr Haar schien zu leben, es schien bei jeder ihrer Bewegungen zu tanzen, und die Sonnenstrahlen, die durchs Fenster kamen, ließen es feuerrot schimmern. Ihre großen Augen waren dunkel und tief und strahlten eine innere Ruhe aus, als hätten sie nie Angst und Zweifel gekannt. Sie war halb Tier, halb Mensch.

„Hör zu", sagte ich, „vielleicht solltest du dem Affen sagen, er soll meinen Mantel wieder rausrücken. Ich mach mich dann auf die Socken."

„Ich möchte nicht, daß du gehst", sagte sie.

„Du möchtest mich in deinen Zoo aufnehmen, hm?"

„Ja."

„Ich eigne mich nicht. Ich bin ein Mensch."

„Aber du bist noch unverdorben. Du bist nicht wie die anderen. Du bist unnerlich noch ungebunden, noch nicht festgelegt. Die anderen sind alle verhärtet. Du nicht. Du mußt nur noch zu deiner wahren Natur finden."

„Aber ich bin vielleicht ein bißchen zu alt, um mich . . . lieben zu lassen wie der Rest von deinem Zoo."

„Hm, ich . . . ich weiß nicht . . . ich mag dich sehr gern. Kannst du nicht bleiben? Vielleicht finden wir für dich . . ."

In der Nacht konnte ich wieder nicht schlafen. Ich ging wieder durch den Hausflur und stellte mich vor den Perlenvorhang und sah rein. Diesmal hatte Carol einen Tisch mitten ins Zimmer gerückt. Es war ein Eichentisch, fast schwarz, mit massiven Beinen. Carol lag auf der Tischplatte, den Hintern ganz am Rand, die Beine breit, die Zehen berührten gerade den Teppich. Die eine Hand lag über ihrer Möse. Dann nahm sie sie weg. Während sie die Hand wegnahm, schien ein hellrosa Schauer durch ihren ganzen Körper zu gehen. Eine fluoreszierende Welle durchflutete ihren Körper und verebbte. Das helle *pink* schien sich einen Augenblick lang in ihrer Kehle zu stauen, dann löste es sich auf und ihre Möse öffnete sich langsam.

Der Tiger schlich gemächlich um den Tisch herum. Dann kam er langsam in Fahrt und schlug mit dem Schwanz. Carol gab ein tiefes Stöhnen von sich. Der Tiger war in diesem Augenblick gerade zwischen ihren Beinen angelangt. Er blieb stehen. Richtete sich auf. Legte seine Tatzen links und rechts neben Carols Kopf. Sein Penis stand hervor; er war gigantisch. Der Penis sah ihre Möse an, suchte Einlaß. Carol faßte ihn an und versuchte ihn zu führen. Beide fieberten vor Hitze und konnten es kaum noch aushalten. Dann drang der Penis ein Stück weit ein. Der Tiger zuckte plötzlich mit den Hinterbacken und stieß seinen Penis ganz rein . . . Carol schrie auf. Dann klammerten sich ihre Hände um den Hals des Tigers, und der Tiger machte sich an die Arbeit. Ich drehte mich um und ging zurück auf mein Zimmer.

Am nächsten Tag aßen wir draußen mit den Tieren zu Mittag. Ein Picknick. Ich schob mir gerade eine Portion Kartoffelsalat rein, da gingen ein Luchs und ein Silberfuchs einträchtig an mir vorbei. Ich hatte mir eine ganz neue Welt der Erfahrung erschlossen.

Die Bezirksverwaltung hatte Carol gezwungen, einen hohen Zaun aus Maschendraht zu installieren, aber die Tiere hatten immer noch ein großes Stück freies Land, auf dem sie sich austoben konnten. Wir beendeten unser Picknick, und Carol streckte sich im Gras aus und sah in die Wolken. Mein Gott, wäre ich doch bloß ein paar Jahre jünger!

Carol sah mich an: „Na komm runter, alter Tiger!"

„*Tiger?* "

„'Tyger, Tyger, burning bright . . .' Wenn du tot bist, wird sichs herausstellen. Dann wird man sehen, daß du ein gestreiftes Fell hast."

Ich streckte mich neben ihr aus. Sie drehte sich herum, legte ihren Kopf auf meinen Arm.

„Du siehst aus wie eine Mischung aus Randolph Scott und Humphrey Bogart", sagte sie.

Ich lachte. „Sehr witzig."

Wir sahen einander an. Ich hatte das Gefühl, als würde ich gleich in ihre Augen reinfallen.

Dann machte sich meine Hand selbständig und strich ihr über die Lippen. Wir küßten uns. Ich zog sie an mich heran. Meine andere Hand strich ihr durchs Haar. Es war ein langer Kuß. Es war die reine unschuldige Liebe. Aber einen Streifen hatte ich trotzdem. Ihr Körper drängte sich an mich, bewegte sich, schlangengleich. Ein Strauß stakte vorbei. „Meine Güte", sagte ich, „meine Güte . . ." Wir küßten uns wieder. Dann kam sie in Fahrt. „Du Scheißkerl", sagte sie, „ah du Scheißkerl, was hast du mir mir vor?" Sie nahm meine Hand und steckte sie in ihre Bluejeans rein. Ich fühlte ihre Mösenhaare. Sie waren schon ein bißchen naß. Ich rieb sie und knetete sie da unten, dann steckte ich ihr den Finger rein. Sie küßte mich wild. „Du Scheißkerl! Du Scheißkerl!" Dann riß sie sich los.

„Nicht so schnell! Laß uns langsam tun, langsam . . ."

Wir setzten uns auf, sie nahm meine Hand und studierte meine Handfläche.

„Deine Lebenslinie . . .", sagte sie. „Du bist noch nicht lange auf der Erde. Sieh mal. Schau dir deine Handfläche an. Siehst du diese Linie hier?"

„Ja."

„Das ist die Lebenslinie. Und jetzt sieh dir mal meine an. Siehst du das? Ich bin schon mehr als einmal auf der Erde gewesen."

Es war ihr Ernst, und ich glaubte ihr. Man mußte Carol einfach glauben. Sie war das einzige, an das man glauben konnte. Der Tiger lag zwanzig Schritte von uns entfernt im Gras und sah herüber. Ein Windstoß blies Carol das rotbraune

Haar über die Schulter zurück. Ich hielt es nicht mehr aus. Ich packte sie, und wir küßten uns wieder. Wir fielen rückwärts ins Gras. Sie riß sich los.

„Rammdösiger Tiger. Ich hab gesagt: *mach langsam!*"

Wir quatschten wieder eine Weile. Dann sagte sie plötzlich: „Sieh mal – ich weiß nicht, wie ich es ausdrücken soll . . . aber ich hab solche Träume. Die Welt ist müde. Irgendwas nähert sich dem Ende. Die Menschen sind abgestorben, versteinert. Sie sind sich selber leid geworden. Sie beten um ihren Tod, und ihr Gebet wird erhört werden. Ich, ich . . . naja, ich versuche sowas wie eine neue Kreatur hervorzubringen, die einmal das bißchen Erde bewohnen soll, das noch übrig ist. Ich spüre, daß irgendwo auch noch andere solche neuen Wesen in sich tragen. Vielleicht an mehreren Orten. Diese neuen Kreaturen werden zusammenkommen und sich fortpflanzen und überleben, weißt du? Aber sie müssen von allen Lebewesen, den Menschen eingeschlossen, nur das *Beste* in sich vereinigen, wenn sie auf dieser kleingewordenen Welt überlegen wollen . . . Lauter solche Träume . . . Findest du, ich bin verrückt? "

Sie sah mich an und lachte. „Denkst du auch, ich bin Crazy Carol? "

„Ich weiß nicht", sagte ich. „Schwer zu sagen."

Wieder konnte ich in der Nacht nicht schlafen. Ich ging hinunter und sah durch den Perlenvorhang ins vordere Zimmer hinein. Carol lag auf der Couch. Allein. Eine kleine Stehlampe brannte. Sie war nackt und schien zu schlafen. Ich zog die Perlenschnur beiseite und ging hinein. Ich setzte mich ihr gegenüber auf einen Stuhl. Die Lampe beschien den oberen Teil ihres Körpers; der Rest lag im Schatten.

Ich zog mich aus und ging auf sie zu. Ich setzte mich auf den Rand der Couch und sah sie an. Sie öffnete die Augen. Es schien sie nicht zu überraschen, mich neben ihr sitzen zu sehen. Aber im ruhigen Blick ihrer braunen Augen lag etwas ganz Eigenartiges, etwas Fremdes; etwas, für das keiner von uns einen Namen hatte.

Ich beugte mich zu ihr hinunter und küßte sie hinters Ohr. Ihr Atem ging schneller. Ich glitt an ihr herunter, meine Knie rutschten über den Rand der Couch, ich züngelte an ihren Brustwarzen, rutschte tiefer, zum Bauchnabel, zurück zu den Brustwarzen, dann ganz hinunter, wo ihre Haare begannen, küßte sie dort, biß sie ein wenig, nuschelte an den Innenseiten ihrer Schenkel. Sie bewegte sich, gab schwache Laute von sich, „ah, ah . . .", und dann öffneten sich ihre Schamlippen und ich war dran, ließ meine Zunge langsam auf ihnen kreisen, erst so herum, dann anders herum; ich biß leicht zu, steckte ihr zweimal die Zunge hinein, tief rein, wieder heraus, ließ wieder meine Zunge kreisen. Es wurde naß da unten, es begann leicht salzig zu schmecken. Wieder ihre Laute, „ah, ah . . .", und dann ging die Blume auf, ich sah die kleine Knospe und kitzelte und leckte sie mit meiner Zungenspitze, ganz leicht, nur einen Hauch. Sie kickte mit den Beinen, sie schlang sie mir um den Nacken, versuchte mich in sie hineinzupressen, ich arbeitete mich wieder an ihr hoch, leckend, beißend, bis zur Kehle, mein Penis drängelte und drängelte, sie nahm ihn in die Hand und dirigierte ihn in die Öffnung. Als ich ihn reinschob, fanden sich unsere Münder, wir hingen fest, aneinander, ineinander, ihr Mund war feucht und kühl, aber unten hatte sie einen kochenden Hochofen, und ich hielt meinen Penis ganz starr in ihr drin, während sie daran zappelte und bettelte . . .

„Du Scheißkerl, du Scheißkerl . . . mach schon! Beweg dich!"

Ich ließ sie zappeln. Ich stemmte die Zehen gegen das untere Ende der Couch und drückte ihn tiefer rein, dann ließ ich ihn dreimal auf und ab schnalzen, ohne meinen Körper zu bewegen. Ihre Möse antwortete mit wilden Zuckungen, zog sich zusammen, saugte. Wir machten es noch einmal, und als ich es nicht mehr aushielt, zog ich ihn fast ganz heraus und rammte ihn rein, noch einmal, dann hielt ich ihn wieder still und ließ sie daran zappeln. In dieser Tour machte ich weiter und schließlich geriet ich so außer mir, daß ich stieß und stieß, und ich spürte wie er größer wurde, wir steigerten uns zusammen in Ekstase und vergaßen alles um uns herum.

Wir kamen gemeinsam und ich ließ ihn drin, er blieb hart, und als ich sie jetzt küßte, waren ihre Lippen so weich, daß sie zu schmelzen schienen. Wir blieben eine halbe Stunde so liegen, dann stand Carol auf und ging ins Bad. Ich ging nach ihr. In dieser Nacht gabs da drin keine verpennten Tiger. Es gab nur den alten Tyger, der Feuer gespuckt hatte.

Unser Verhältnis entwickelte sich, geistig wie sexuell; allerdings muß ich zugeben, daß Carol es während der ganzen Zeit auch weiter mit ihren Tieren trieb. Trotzdem, wir verlebten glückliche Monate miteinander. Dann stellte sich heraus, daß Carol schwanger war. Was sich doch aus so nem Glas Wasser alles entwickeln kann . . .

Eines Tages fuhren wir mal wieder in die Stadt, um Vorräte zu kaufen. Wir schlossen die Haustür ab wie immer, trafen aber sonst keine weiteren Vorsichtsmaßnahmen. Von Einbrechern hatten wir nicht viel zu befürchten, schließlich liefen ja Panther und Tiger und diverse andere sogenannte gefährliche Bestien herum. Das Fressen für die Tiere wurde täglich angeliefert, aber für unsere eigene Verpflegung mußten wir ab und zu in die Stadt fahren. Carol war dort gut bekannt. Jeder kannte Crazy Carol, und es gab immer Leute, die sie in den Geschäften anstarrten – und jetzt auch mich, ihr neues Schoßtier, ihr neues *altes* Schoßtier . . .

Wir gingen in einen Film, der uns nicht gefiel. Als wir rauskamen, hatte es leicht zu regnen begonnen. Carol kaufte ein paar Umstandskleider, dann gingen wir in den Supermarkt und besorgten uns die Fressalien. Wir fuhren gemächlich heimwärts, unterhielten uns, in bester Laune. Wir waren zufrieden mit dem, was wir hatten. Die anderen waren uns egal; wir hatten längst aufgehört, uns darum zu kümmern, was sie von uns dachten. Natürlich spürten wir ihren Haß. Wir waren Außenseiter. Wir lebten mit wilden Tieren zusammen, und die Tiere waren für denen ihre Gesellschaft eine Bedrohung – das dachten die jedenfalls. Und wir waren eine Bedrohung für ihren Lebensstil. Wir liefen in alten Klamotten herum. Ich ließ mir meinen Bart wachsen, ich hatte Haar am ganzen Schädel, und das Haar war trotz meiner fünfzig Jahre knallrot. Carols Haare gingen ihr bis runter an den Arsch. Und ständig entdeckten wir Dinge, die uns erheiterten. Echtes, befreiendes Gelächter. Das konnten sie nicht begreifen. Im Supermarkt z.B. hatte Carol gesagt: „Hey, Paps, hier kommt das Salz! Fang das Salz, Paps, du alter Kaffer!"

Sie stand unten am Gang, drei Leute standen zwischen uns, und sie warf mir das Pfund Salz über ihre Köpfe hinweg zu. Ich fing es auf. Wir brachen in schallendes Gelächter aus. Dann sah ich mir das Salz an.

„Nix zu machen, Tochter! Du Flittchen, willst wohl, daß ich Arterienverkalkung kriege, was? ! Wir nehmen *jodhaltiges* Salz! Fang auf, Sweetheart, und paß auf das Baby auf! Das arme Schwein wird später mal noch genug getreten werden!"

Carol fing das Salz auf und schmiß eine Packung jodhaltiges zurück. Die *Gesichter* von diesen Leuten . . .

Der Tag war angenehm verlaufen. Der Film war mies gewesen, aber ansonsten hatten wir uns gut amüsiert. Wir machten unsere eigenen Filme. Sogar der Regen tat gut. Wir kurbelten die Fenster herunter und ließen es reinregnen. Als ich in die Einfahrt einbog, stöhnte Carol auf. Es war ein herzzerreißendes Stöhnen. Sie sackte in sich zusammen und wurde kalkweiß.

„Carol! Was ist los? Hast du was? " Ich zog sie an mich. „Was ist los? Sag doch . . ."

„Ich hab nichts. Aber *die* haben was getan. Ich spüre es,

ich weiß es, oh mein Gott, oh mein Gott – diese elenden Schweine, sie haben es getan, sie haben es getan, diese gottverfluchten Schweine."

„Was denn?"

„Mord – das Haus – alles ermordet . . ."

„Warte hier."

Als erstes entdeckte ich Bilbo, den Orang-Utan. Er lag im Wohnzimmer, mit einem Loch in der linken Schläfe. Sein Kopf lag in einer Blutlache. Er war tot. Abgemurkst. Sein Gesicht war eine grinsende Fratze. Eine schmerzverzerrte Fratze, durch die ein Grinsen drang, als hätte er beim Anblick des Todes eine überraschende Entdeckung gemacht, die ihn trotz seiner Qualen grinsen ließ. Naja, er wußte darüber jetzt besser Bescheid als ich.

Dopey, den Tiger, hatten sie an seinem Lieblingsplatz erwischt – im Badezimmer. Die Mörder hatten ihn mit Kugeln vollgepumpt, offensichtlich aus Angst. Es gab eine Menge Blut. Ein Teil davon war schon geronnen. Seine Augen waren geschlossen, aber das Maul war in einem Zähnefletschen erstarrt, und die großen prächtigen Reißzähne standen hervor. Selbst im Tod war er noch majestätischer als jeder lebende Mensch.

Der Papagei lag in der Badewanne. Für ihn hatte eine einzige Kugel genügt. Er lag unten am Abfluß, Kopf und Hals abgeknickt unter seinem Körper, den einen Flügel unter sich begraben, den anderen weit gespreizt . . . der Flügel wirkte wie ein lautloser Schrei.

Ich durchsuchte die übrigen Zimmer. Nichts war mehr am Leben. Alle tot. Der schwarze Bär. Der Kojote. Der Iltis. Alle. Totenstille im ganzen Haus. Nichts regte sich. Wir konnten nichts mehr tun. Die Tiere hatten für ihre Individualität bezahlt – und für unsere. Jetzt hatten wir ein großes Begräbnis am Hals.

Ich räumte die Leichen aus dem Wohnzimmer und aus dem

Schlafzimmer; wischte das Blut auf, so gut es ging. Dann ließ ich Carol ins Haus. Ich setzte sie auf die Couch und hielt sie fest. Sie weinte nicht, aber sie zitterte am ganzen Körper. Ich streichelte sie, redete ihr gut zu . . . Hin und wieder wurde sie von Krämpfen geschüttelt, und dann stöhnte sie „Ooooh, ooooh . . . mein Gott . . ." Nach gut zwei Stunden fing sie an zu weinen. Ich blieb bei ihr, hielt sie fest. Schließlich schlief sie ein. Ich trug sie zum Bett, zog sie aus, deckte sie zu. Dann ging ich hinaus und besah mir die Wiese hinter dem Haus. Gottseidank war es eine große Wiese. Von einem antiautoritären Zoo waren wir über Nacht zu einem Tierfriedhof geworden.

Es dauerte zwei Tage, bis wir sie alle begraben hatten. Carol spielte Trauermärsche auf ihrem Plattenspieler, und ich hob Gruben aus, hievte die Leichen rein und scharrte sie zu. Es war unendlich traurig. Carol steckte Kreuze mit den Namen der Tiere auf die Gräber. Wir tranken Wein und sagten kein Wort. Leute fanden sich ein und linsten durch den Maschendrahtzaun; Erwachsene, Kinder, Reporter und Fotografen von den Tageszeitungen. Als ich am Ende des zweiten Tages das letzte Grab zugeschaufelt hatte, nahm mir Carol die Schaufel aus der Hand und ging damit zum Zaun. Die Leute wichen ängstlich zurück und murmelten was. Carol schleuderte die Schaufel gegen den Zaun. Die Leute duckten sich und hoben die Arme vors Gesicht, als fürchteten sie, die Schaufel werde ihnen durch den Zaun hindurch in die Fresse fliegen.

„All right, ihr Killer", schrie Carol, „jetzt könnt ihr euch *freuen!*"

Wir gingen ins Haus. Draußen lagen 55 Gräber . . .

Nach ein paar Wochen machte ich Carol den Vorschlag, einen neuen Zoo zu gründen und diesmal einen Wächter einzustellen.

„Nein", sagte sie. „Meine Träume . . . meine Träume haben

mir gesagt, daß die Zeit gekommen ist. Alles nähert sich dem Ende. Wir beide haben es gerade noch rechtzeitig geschafft."

Ich fragte sie nicht, was sie damit meinte. Sie hatte schon genug durchgemacht.

Als sie im 9. Monat war, bat sie mich, sie zu heiraten. Sie sagte, sie halte an sich nichts vom Heiraten, doch da sie keine Verwandten habe, sei es ihr Wunsch, daß ich einmal das Anwesen erbe. Für den Fall, daß sie die Geburt nicht überlebte und ihre Träume vom Ende der Welt sich als falsch erwiesen.

„Träume können sich als falsch herausstellen", sagte sie. „Obwohl meine bisher immer gestimmt haben."

Also hatten wir eine stille Hochzeit. Auf unserem Friedhof. Ich las einen alten Kumpel aus der Gosse auf, der fungierte als Trauzeuge, und wieder standen sie am Zaun und gafften. Es war rasch vorbei. Ich gab meinem Kumpel ein bißchen Geld und ein paar Flaschen Wein und fuhr ihn zurück in den Slum.

Unterwegs, zwischen zwei Schlucken aus der Flasche, fragte er mich: „Hast sie geschwängert, was? "

„Mhm. Kann sein."

„Du meinst, sie hat noch andere gehabt? "

„Äh – ja."

„Immer das gleiche mit diesen Weibern. Man kann nie wissen. Bei der Hälfte von uns Typen sind die Weiber schuld, daß wir in der Gosse gelandet sind."

„Ich dachte immer, der Alkohol."

„Die Weiber zuerst. Der Alkohol kommt erst dann."

„Verstehe."

„Man kann nie wissen, mit diesen Flittchen."

„Oh, ich habs schon immer gewußt."

Er warf mir einen eigenartigen Blick zu. Dann ließ ich ihn raus.

Ich wartete am Eingang des Hospitals. Was für eine merkwürdige Geschichte. Wie ich aus den Slums zu diesem Haus gelangt war, und was sich von da an alles ereignet hatte. Die Liebe und der Tod. Die Liebe hatte über den Tod gesiegt, trotz allem. Aber es war noch nicht ausgestanden. Ich versuchte die Baseball-Nachrichten zu lesen, die Ergebnisse vom Pferderennen. Das bedeutete jetzt kaum noch etwas. Und dann die Sache mit Carols Träumen. Ich glaubte ihr sonst alles, aber bei ihren Träumen war ich mir nicht so sicher. Was waren Träume eigentlich? Ich wußte es nicht. Dann sah ich Carols Arzt am Aufnahmeschalter stehen; er unterhielt sich mit der Krankenschwester. Ich ging rüber.

„Oh, Mr. Jennings", sagte er. „Ihrer Frau gehts gut. Und das Baby ist, ah . . . äh . . . ja. Neun Pfund und 140 Gramm."

„Danke, Doktor."

Ich fuhr mit dem Fahrstuhl nach oben und stellte mich an die Glaswand. Es müssen mindestens hundert schreiende Säuglinge da drin gewesen sein. Ich hörte sie durch die Glasscheibe hindurch. Es ging wie am Fließband. Das mit der Geburt und dem Sterben. Wir kamen allein auf die Welt und machten uns allein wieder davon. Und für die meisten von uns war es ein einsames Leben, voll Angst und verpaßter Gelegenheiten. Es war entsetzlich deprimierend, all dieses Leben hier zu sehen, das einmal sterben mußte; all das Leben, das zu Haß werden würde, zu Wahnsinn, Neurose, Verblödung, Angst, Mord . . . zu NICHTS. Nichts im Leben, und nichts im Tod.

Ich sagte der Säuglingsschwester meinen Namen. Sie ging hinein und suchte unser Kind. Als sie es hochhob, lächelte sie. Es war ein unglaublich tapferes, vergebendes Lächeln. Mußte es auch sein. Ich starrte das Kind an – unmöglich, medizinisch unmöglich: es war ein Tiger, ein Bär, eine Schlange, und ein Mensch. Es war ein Elch, ein Kojote, ein Luchs, und ein Mensch. Es schrie nicht. Es sah mich an und wußte, wer ich war. Und ich wußte, wer *es* war.

Es war unerträglich. Mensch und Übermensch. Superman

und Superbestie. Es war völlig unmöglich, und es sah mich an, den Vater, einen der Väter, einen der vielen vielen Väter . . . und die Sonne rammte das Hospital, und das ganze Hospital begann zu wanken, die Säuglinge brüllten, Lichter gingen aus, ein knallroter Blitz zuckte über die Glasscheibe vor meinen Augen. Die Schwestern kreischten. Drei riesige Leuchtröhren fielen von der Decke und krachten auf die Babies herunter. Die Säuglingsschwester stand da, mein Kind auf den Armen, und lächelte, während die erste Wasserstoffbombe auf San Francisco fiel.

BUKOWSKI–INTERVIEW

von Thomas Kettner

Da saß ich nun in dieser blödsinnig engen DC 10 auf einem Zehn-Stunden-Flug nach Los Angeles und las Charles Bukowski. Vor ein paar Tagen hatte ich einem Typ in Frankfurt erzählt, ich wolle an die Westküste fliegen und von dort einige Berichte und Interviews mitbringen. Er hatte mir den Kopf vollgequatscht, mir ein paar Bücher von Bukowski unter den Arm gesteckt und gemeint, ich solle unter allen Umständen ein Interview mit Bukowski machen. Seine Adresse wisse er nicht, aber die Auskunft in L.A. könne mir sicher weiterhelfen . . .

Ich trieb mich in Los Angeles zwei Tage herum, schaute mir die Universal Studios und den amerikanischen Alptraum Disneyland an, und als ich das zweite Buch wie verrückt zu Ende gelesen hatte, rief ich Los Angeles 426–0614 an.

Eine tiefe Stimme meldete sich am anderen Ende mit „hallo", und nachdem ich erzählt hatte, wer ich war und was ich wollte, verabredeten wir für den nächsten Tag ein Interview in seiner Wohnung.

Am nächsten Tag – es war Sonntag, der 2. November 1975 – setzte ich mich nachmittags in ein Taxi und gab dem Fahrer die Adresse an, worauf der mich etwas irritiert betrachtete. Nach rund einer Stunde Fahrt waren wir da. Der Fahrer hatte es plötzlich sehr eilig, seine 12 Dollar zu bekommen. Dann machte er mir hastig die Tür auf und raste so schnell davon, daß sein alter quietschender Buick beinahe auseinandergefallen wäre.

Ich befand mich in einer lausigen Gegend von North Hollywood, umgeben von Autowracks und Dreck. Hätte mir einer vorher gesagt, dies sei der Hurendistrikt von Los Angeles, so hätte ich mich nicht weiter gewundert. So aber stolperte ich nun mit meiner deutschen Vorstellung, wie Poeten wohnen, in eine enge Gasse hinein, vorbei an halbnackten Mädchen und schwitzenden Typen mit offenen Hemden, dann gings in einen Innenhof, und dort klopfte ich an die Tür eines verwahrlosten ebenerdigen Ein-Zimmer-Apartments mit der Nummer 5437.

Der Klang der Stimme aus dem Inneren sagte mir, daß ich hier richtig war, und als ich ihn dann endlich vor mir sah, wußte ich: Das ist Charles Bukowski, wie er leibt und lebt.

Zwei Stunden saßen wir dann herum, tranken eiskaltes Bier, erzählten alles mögliche und begrüßten immer wieder Freunde, die nacheinander hereinrumpelten und zu denen Charles Bukowski jedesmal sagte: "Hey look, that's Thomas from Germany. He's gonna do an interview with me."

Tja, und schließlich fingen wir dann auch tatsächlich mit dem Interview an.

* * *

Sie leben hier in North Hollywood in einer ziemlich heruntergekommenen Gegend – hat das für Sie einen besonderen Reiz? Ich meine, leben Sie hier, weil Sie sich hier wohler fühlen als anderswo?

BUKOWSKI: Oh, ich habe keine besondere Vorliebe für diese Nuttenviertel. Der Grund ist ganz einfach, daß ich gern parterre wohne, an einem Innenhof, so wie hier. Außerdem stört es hier auch keinen, wenn ich auf meiner Schreibmaschine rumhacke. In einem Apartmenthaus wird ständig mit dem Besenstiel von unten gegen die Decke gedonnert. Oder von oben. Und sowas – um einmal ein Klischee zu gebrauchen – ruiniert einem die Konzentration. Ich wohne also lieber parterre, mit einem kleinen Platz vor dem Haus, und das findet man in Los Angeles aus irgendeinem Grund nur in den ärmeren Vierteln. Drum bin ich also hier.

Hat es nicht auch damit zu tun, daß Sie hier Menschen um sich haben, die ein ehrlicheres Leben führen als die anderen?

BUKOWSKI: Würde ich nicht sagen. Hier gehts bestimmt nicht ehrlicher zu als in Beverly Hills. Es ist eine andere Art von ‚Ehrlichkeit', das ist alles.

Auf jeden Fall, es würde Ihnen nicht behagen, mit Leuten leben zu müssen, die eine Menge Geld machen, große Villen bewohnen, teure Autos fahren usw.

BUKOWSKI: Nein, und ich kann Ihnen auch sagen, warum. Als mein Vater starb, erbte ich ein Haus. Es war noch nicht ganz abbezahlt, aber ich hätte es halten können. Nur: die Vorstellung, in so einer Gegend zu wohnen, Nachbarn zu haben, verstehen Sie . . . der Typ von nebenan, man lernt ihn kennen, und er kommt an und sagt ‚Guten Morgen! Schöner Tag heute, nicht?' . . . Also die Vorstellung, mit so einem 20 oder 30 Jahre leben zu müssen –– nee. Da lebt sichs in einem Loch wie diesem hier viel ungestörter. *(Gelächter)*

Das bringt mich auf die Frage: wie haben Sie es eigentlich 11 Jahre lang im Postamt ausgehalten?

BUKOWSKI: Oh, das war einfach. Ich schob Nachtschichten. Und ich leide ohnehin an Schlaflosigkeit. Also sagte ich mir: naja, zum Teufel, schlafen kann ich eh nicht, da kann ich ja hier auch ein bißchen rumsitzen. So als wäre ich auf ner großen Party, ha-ha-ha. Verstehn Sie. Psychologisch war das eigentlich ganz gut. Ich reiße meine Nachtschicht ab, und morgens um 8 geh ich ins Bett und höre, wie sie ringsum ihre Autos anwerfen und zur Arbeit fahren. Das war psychologisch irgendwie sehr befriedigend. Mittags stand ich dann auf, trank einige Flaschen Bier und fing an zu schreiben. Wenn ich abends zur Arbeit erschien, hatte ich meistens einen sitzen. Aber das merkte keiner. ‚Ah, da kommt Hank. Hi, Man.' Die merkten nicht, daß ich einen Schlag hatte. Die hatten bloß ihre Scheißbriefe im Kopf, die sie einsortieren mußten. Ich sagte mal: ‚Wißt ihr, ich könnte den einen Arm verlieren und einarmig hier aufkreuzen, und es würde mindestens drei Stunden dauern, bis der erste was merkt und sagt, ‚Hey, Hank, was ist denn mit deinem linken Arm passiert?' . . . *(Gelächter)* So waren die eben.

Da gibt es so eine bezeichnende Geschichte aus der Zeit, als Sie im Postamt gearbeitet haben – könnten Sie die erzählen? Die mit der Telefonnummer . . .

BUKOWSKI: Oh, ja. Also eines Tages verteilte man solche kleinen Broschüren an uns. Nur an die Postangestellten. Die Öffentlichkeit bekam von den Dingern nichts zu sehen. Und da stand zu lesen: ‚Wie verhalte ich mich bei einem atomaren Angriff?' Na, ich nahm das Ding mit nach Hause und las mirs durch, und ich kann Ihnen sagen, mir war ziemlich flau, als ich mir das durchgelesen hatte . . . Denn zunächst mal schilderten sie einem, was passiert, wenn so ein Ding vom Himmel fällt. Und daß da hinterher nicht mehr viel übrig ist. Aber für diejenigen von uns, die es überleben, gibts diese spezielle Telefonnummer – die Post kann total im Eimer sein, aber Sie melden sich auf jeden Fall bei Nummer 34 67 982, klar? Spezielle Leitung, direkt nach Washington. Und wenn wir einen neuen Postdienst aufbauen *(Gelächter)*, dann werden **Sie** als erster die Chance bekommen, wieder für uns arbeiten zu dürfen! Und ich glaube, es stand sogar was von Gehaltsnachzahlung dabei . . . *(Gelächter)* Ahhh, also es war einfach Spitze! Man konnte sich so richtig vorstellen, all diese Postmenschen, nachdem die Bombe gefallen ist, wie sie rumkriechen, mit einem Arm ab, verstehn Sie, die Zunge hängt ihnen raus *(Gelächter)*, sie sind radioaktiv wie nur was, und sie versuchen verzweifelt irgendwo ne öffentliche TELEFONZELLE zu finden! ‚Hey, Mann, ich hab überlebt! Ich bin noch prima in Schuß, Mann, wo darf ich mich wieder zur Arbeit melden?' Oh, es war wirklich der Irrsinn . . . Zu dumm, daß ich vergessen habe, das in meinem Buch (POST OFFICE) unterzubringen. Ist mir erst eben wieder eingefallen . . . too much! . . . Natürlich, im Gegensatz zu euch in Deutschland, sind die hier nie bombardiert worden, deshalb geht ihnen schon die bloße Vorstellung davon ganz anders an die Nieren. Die Japaner schickten mal einen Ballon rüber und *(wendet sich an einige Freunde, die zu Besuch sind)* was war da? Der flog über Santa Monica weg, nicht? Na jedenfalls, die Alarmsirenen gingen los, ne kleine Bombe fiel runter *(Gelächter)*, eine Ölquelle flog in die Luft, und alle verließen fluchtartig die Stadt! hahaha! Gott, hatten die Schiß . . . *(Gelächter)* Ein Schrebergarten ging zu Bruch, und die Karnickel waren tot . . . *(Gelächter)* Das war unser großer Luftangriff.

Wann haben Sie eigentlich mit dem Schreiben angefangen?

BUKOWSKI: Mit 35. Das war 1955. Ich kam aus dem Krankenhaus und fing an, Gedichte zu schreiben. Keine Ahnung, warum. Hatte einen Magendurchbruch gehabt. Vielleicht hat es damit zu tun. Man kotzt seinen Magen aus, und plötzlich schreibt man Gedichte. *(lacht)* Jedenfalls, ich brauche das Schreiben. Es ist mein Psychiater, meine Mätresse, es ist alles mögliche. Ich brauche es einfach.

Wann schreiben Sie? Was für eine Atmosphäre brauchen Sie dazu?

BUKOWSKI: Gewöhnlich abends. Ich setze mich da drüben hin, stelle das Radio an, genehmige mir ein Bier, drehe mir eine Zigarette und . . . naja, es ist eine Stimmung, die tagsüber einfach nicht da ist. Oder fast nie. Die richtige Stimmung kommt gewöhnlich um Viertel vor Acht und hält an bis halb Elf . . . *(Gelächter)*

Welches Buch hat Sie am meisten beeindruckt?

BUKOWSKI: Celine. ‚Reise ans Ende der Nacht'. Ich schlug das Buch auf und mußte lachen, daß mir die Tränen kamen.

Das passiert mir nicht oft bei einem Buch. Ich lag im Bett, und ich las das Ding an einem Stück durch. Und ich sagte mir: Ich hab mich eigentlich immer für einen ziemlich guten Schreiber gehalten, aber DIESER Kerl hier, der ist SO gut, dagegen bin ich ein Nichts! . . . Tja. Dann las ich sein nächstes Buch: oh nee . . . Und das nächste: nee . . . Aber ‚Reise ans Ende der Nacht', das war einfach ein einziges Vergnügen. Wirklich enorm.

Und wie stehen Sie zur amerikanischen Literatur von heute?

BUKOWSKI: Abgesehen von J. D. Salinger finde ich kaum einen, der mir was gibt. Es tut sich so gut wie nichts. Ich nehme mir ein Buch, fange an zu lesen und stelle fest, daß ich es nicht lesen kann. Es ist langweilig, die Schreibe ist mies, kein einziger Lichtblick. Jon Webb, mein erster Verleger, sagte mir schon vor 15 Jahren: ‚Junge, die Zeiten für Literatur sind beschissen.' Daran hat sich bis heute nichts geändert.

Wenn Sie das Wort ‚Deutschland' hören – was empfinden Sie dabei?

BUKOWSKI: Also eigentlich bin ich ein ziemlicher Romantiker. Deshalb komme ich auch von meiner Abstammung nicht so recht los. Ich meine, von der Tatsache, daß ich in Deutschland geboren wurde, usw. Es ist irgendwie ein komisches Gefühl, irgendwas klickt in mir, wenn ich das Wort ‚Deutschland' höre. Ich meine, das passiert mir nicht, wenn jemand das Wort ‚Pittsburgh' sagt, das steht fest. . . *(Gelächter)* Also ich nehme an, Nationalismus ist eine Krankheit, die keiner von uns vollständig loswird. Vermutlich eine ganz natürliche Sache. Ich erinnere mich, eine der ersten Stories, die ich geschrieben habe, handelten von einem deutschen Kampfflieger, der äh . . . oh, der Junge hatte einfach was los, er knallte all diese feindlichen Flugzeuge ab, und schließlich verlor er eine Hand, und da flog er mit einer eisernen Prothese weiter *(Gelächter)* dann wurde er abgeschossen und gefangen genommen, brach aus, kletterte ins nächste Flugzeug und schoß noch ein paar Amerikaner ab . . und auf diese Tour ging das weiter . . . schließlich, glaube ich, hab ich ihn dann draufgehen lassen, oder er hätte keinen einzigen Yankee übriggelassen! Verstehen Sie . . . Naja, und die Story zeigte ich dann meinem Freund –– muß überhaupt meine erste Geschichte gewesen sein, ich war damals 13 oder so –– also der las das und sagte: „Wieso läßt du diesen Deutschen all die Amerikaner abknallen?!" „Na, einfach weil mir das ein gutes Gefühl gibt", sagte ich. *(Gelächter)* Dazu muß man wissen, daß damals (1933) als ich hier in Los Angeles die Grundschule besuchte, der Erste Weltkrieg noch in frischer Erinnerung war. Und es kam immer mal wieder vor, daß einer von den Jungs auf mich zeigte und sagte: „Hey! Seht euch mal den da an! Das is 'n **Deutscher!** Er is in **Deutschland geboren!**" Und ich sagte: „Nanu, was soll der Scheiß . . .", nicht? Aber irgendwas hatte da abgefärbt. ‚Deutschland' war einfach ein Schimpfwort, etwas Unanständiges . . .

In einer Ihrer Stories erzählen Sie von einer Party in Pasadena, und an einer Stelle gehen Sie auf die Toilette, da sind bereits zwei Homos drin, der eine schäumt dem anderen den Schwanz mit Rasiercreme ein usw., und Sie beschreiben das in allen Einzelheiten, sehr witzig, aber auch in einer ziemlich unverblümten Sprache – glauben Sie nicht, daß das viele Leser abschreckt?

BUKOWSKI: Naja, das mit den Homos war nicht die Hauptsache dieser Story. Auf der Party ist noch manches andere passiert. Ich glaube, irgendwann habe ich unters Klavier gekotzt . . . und was weiß ich, was sonst noch. Ähm . . . das mit den Homos ist übrigens gar nicht wirklich passiert. Das habe ich einfach erfunden. Sehen Sie, in meinen Stories schreibe ich nicht nur von Dingen, die tatsächlich vorgefallen sind. Ich dichte noch einiges dazu. Um das Leben ein bißchen interessanter zu machen. Also diese Party war lange nicht so interessant wie die Story, die ich hinterher darüber schrieb.

Aber was Sie in Ihrem Buch über die Zeit bei der Post geschrieben haben, das ist alles authentisch, oder?

BUKOWSKI: Ja, da brauchte ich kaum etwas dazu zu erfinden. Das war schon ganz OK, so wie es gelaufen ist. Ich schrieb das Buch in 21 Nächten. Machte eine Flasche Whisky auf, rauchte Zigarren, und im Radio liefen Symphonien. Ich nahm mir für jede Nacht eine bestimmte Anzahl von Seiten vor. ‚Heute muß ich 10 Seiten schreiben!' Naja, und wenn mir dann die Augen zufielen, hatte ich das längst wieder vergessen. Am nächsten Morgen stellte sich dann heraus: 21 Seiten . . . 29 Seiten . . . Ich war einfach voll drauf. Und in 3 Wochen war das Ding gelaufen. Für meinen zweiten Roman, der jetzt gerade herauskommt (FACTOTUM), habe ich dagegen 4 Jahre gebraucht. Da sah die Arbeit also wieder ganz anders aus.

Hätten Sie es gern, wenn Ihre Bücher Millionenauflagen erreichten?

BUKOWSKI: Ich fürchte, das würde schlecht für mich ausgehen. Zuviele junge Mädchen würden mir die Tür einrennen, es wäre zuviel Wirbel, und das würde mir an die Substanz gehen. Im Augenblick bin ich in der besten Situation, in der ich überhaupt sein kann: ein kleiner Erfolg . . ., ich bin ein **großer** Underground-Erfolg, aber ein **kleiner** kommerzieller Erfolg. Und das ist, glaube ich, genau das Richtige für mich – genau zwischendrin.

Welche Vorstellungen verbinden Sie mit dem Schlagwort vom "American Way of Life"?

BUKOWSKI: Das was so ziemlich alle tun – außer mir. Neue Autos kaufen; eine schöne Frau heiraten wollen; Gehaltserhöhung beantragen; einen Farbfernseher haben; im

Oktober schon anfangen, an Weihnachten zu denken –– all diese mickrigen kleinen Sachen, die nicht viel bedeuten. Das ist der American Way of Life. Zelluloid.

Sie schwimmen gern gegen den Strom?

BUKOWSKI: Nicht so sehr das: ich möchte erst gar nicht **drin** sein! Ich meine, ich will denen ihren Eay of Life nicht wegnehmen. Sie können ihn ruhig behalten. Nur sollen sie mir nicht damit kommen, daß ich so werden soll wie sie. Das ist alles.

Die Literaturzeitschrift THE OUTSIDER hat Sie 1962 zum „Outsider des Jahres" erklärt – hat Sie das damals mit Stolz erfüllt?

BUKOWSKI: Oh, Sie haben also das Ding da drüben im Regal gesehen . . . Nein, was solls. Ich war höchstens stolz darauf, daß die danach jahrelang gesucht und keinen mehr gefunden haben. Das war ganz witzig.

Letzte Frage: Wie sehen Sie sich selbst als Schriftsteller? Als was würden Sie sich bezeichnen?

BUKOWSKI: Well, ich würde mich auf jeden Fall als eine merkwürdige Type bezeichnen, als eine seltsame Kreatur, die plötzlich auftaucht und eigenartige Töne von sich gibt, wie man sie bis dahin eigentlich noch nicht so gehört hat. Nichts Außergewöhnliches, aber irgendwie interessant, auf eine merkwürdig kaputte musikalische verrückte Art. Ich glaube, ich habe so ein bißchen etwas, was die meisten Schriftsteller einfach nicht haben. Ich bin eine störende Mißbildung. Ich meine, ich hänge am Ast wie alle anderen, aber es ist ein besonderer Dreh dabei. Das wird es wohl sein, was die Leute neugierig macht auf mich, auf das was ich schreibe – und warum ich es schreibe. Ich finde es auch richtig, daß sie das neugierig macht. Wäre ich ein anderer, dann wäre auch ich neugierig auf so einen Typ wie mich . . . hm! Tja, das wäre so ziemlich alles, was ich dazu sagen kann.

DEADLINE!
METROPOLITAN
NUDE U.S.A.

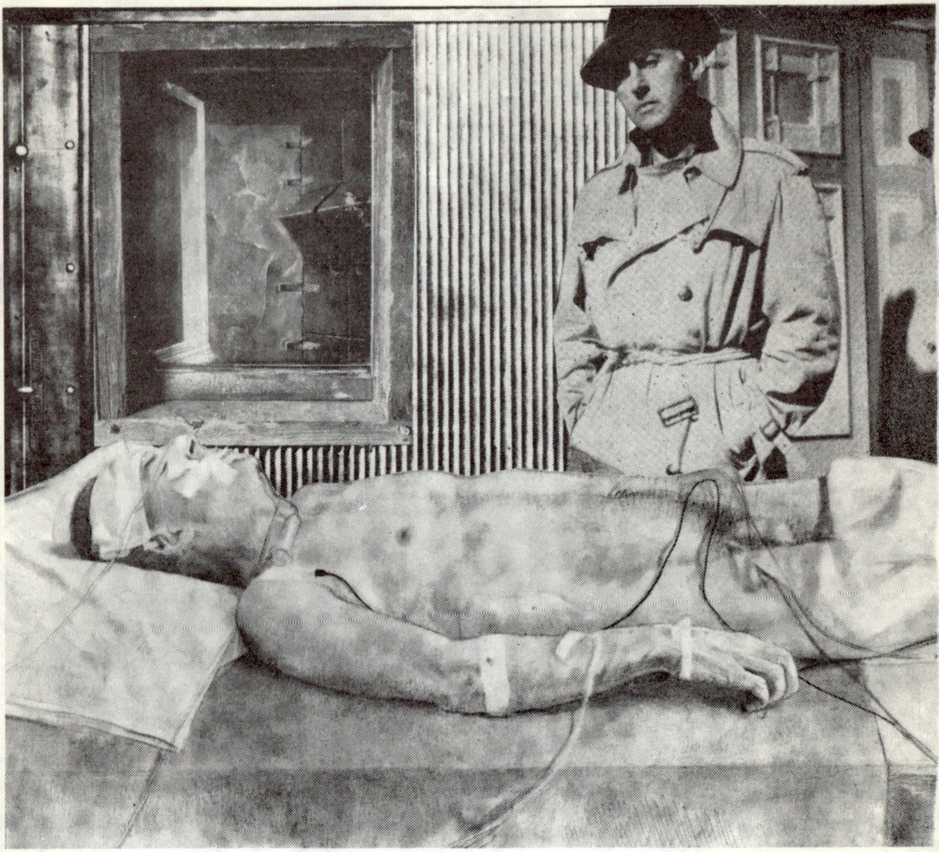

"JEDE ZEILE VON BUKOWSKI IST INFIZIERT VOM TERROR DES AMERIKANISCHEN ALPTRAUMS. ER ARTIKULIERT DIE ÄNGSTE UND AGONIEN EINER NACH HUNDERTTAUSENDEN ZÄHLENDEN MINORITÄT IM NIEMANDSLAND ZWISCHEN BRUTALER ENTMENSCHLICHUNG UND OHNMÄCHTIGER VERZWEIFLUNG."

HENRY MILLER

CHARLES BUKOWSKI
AUFZEICHNUNGEN EINES AUSSENSEITERS
(NOTES OF A DIRTY OLD MAN)
BAND 1332 · DM 4,80
FISCHER TASCHENBUCH VERLAG